約會大作戰

真實結局澪

橘 公司
Koushi Tachibana

Kadokawa Fantastic Novels

彩頁／內文插畫　つなこ

精靈
THE SPIRIT

存在於鄰界，被指定為特殊災害的生命體。發生原因、存在理由皆為不明。
現身在這個世界時，會引發空間震，給周圍帶來莫大的災害。
再者，其戰鬥能力相當強大。

處置方法1
WAYS OF COPING 1

以武力殲滅精靈。
但是如同上文所述，精靈擁有極高的戰鬥能力，所以這個方法相當難以實現。

處置方法2
WAYS OF COPING 2

——與精靈約會，使她迷戀上自己。

真實結局澪

True End MIO

SpiritNo.0
AstralDress-DeusType
Weapon-FlowerType[Ain Soph Aur] TreeType[Ain Soph] SeedType[Ain]

第一章 生還者的責任

「令音——明天，要不要跟我去約會？」

天宮市上空，高度一萬五千公尺。

巨大的空中艦艇〈佛拉克西納斯〉飄浮於此。位於艦內的五河士道毅然決然如此說道。

站在他眼前的，是一名身穿〈拉塔托斯克〉軍服，年約二十歲的女性。她頭髮隨意紮起，臉色蒼白，眼睛下方裝飾著深深的黑眼圈——

光是列舉這些特徵，或許會有人以為她是罹患不治之症的病人吧。儘管如此，她依然美麗得令人嘆息。端整的鼻梁，略帶憂愁的雙眸，反而讓人感覺連上述特徵都是添增她虛無縹緲氣質的要素。

——村雨令音。

她是保護精靈的組織〈拉塔托斯克〉的分析官，也是士道班級的副班導。

更是——所有精靈的起源，初始精靈崇宮澪。

沒錯，正是「距今三十幾個小時後」，將所有精靈「誅盡殺絕了」的精靈。

「…………」

令音聞言，微微瞇起雙眼凝視著士道。

「……嚇我一跳。你怎麼會突然說出這種話啊，小士？」

片刻過後，令音才如此輕聲回答，說話的態度卻一點也不如她所說的那樣吃驚。

不答應也不拒絕。恐怕，是在揣測士道的意圖吧。

這也難怪。雖說關係親密——不，正因如此吧——突然聽到這種話，會吃驚也是人之常情。假如立場顛倒過來，士道肯定也會回以類似的話。

不過，令音心中湧現的情緒想必不只如此吧。士道回望令音探尋自己思緒的眼神，嚥了一口口水。

「不行嗎？明天——不對，已經跨日了，正確來說是今天，距離DEM襲擊還有整整一天的時間。」

「……是這樣沒錯，但這種時候沒必要訓練吧？應該要好好休息，或是做喜歡的事情，散散心比較——」

「才不是訓練。」

「…………」

士道打斷令音，如此說道。令音沉默了片刻，移開一下視線。與其說不敢繼續直視士道的眼睛，更像是在確認周圍有沒有其他人。

「……別在這種地方開玩笑，小士。要是被人瞧見了，你也不好解釋吧？」

「我也不是在開玩笑——令音，妳剛才不也說了嗎？做喜歡的事就好。正因為此時決戰逼近，我才想邀妳去約會。」

「…………」

士道說完，令音再次沉默。

「……這件事其他人知道嗎？」

「我當然沒有告訴別人。是瞞著大家，偷偷約會。」

「……我可以問一下嗎？為什麼找我？」

「妳不想和我約會嗎？」

「……我沒這麼說。不過，如果想約會，不是還有其他人選嗎？若是你向她們提出約會的邀請，大家肯定會欣然接受。」

「那怎麼行，我想約會的對象，是令音妳。」

「…………」

第三次沉默。

令音做出沉思的動作，半晌後輕聲嘆了一口氣。

「……你真是狡猾呢。」

「咦……？」

「……你這麼說，我不就沒辦法拒絕了嗎？」

「！那麼——」

士道雙眼圓睜，令音便輕輕點了點頭。

「……我會把時間空下來。該去哪裡碰頭才好？」

「謝謝妳……！那就明天早上十點，在天宮站前碰頭。」

「……我知道了……那我先告辭了。得先在約會前把剩下的工作處理完，免得挨琴里罵。」

聽令音這麼一說，士道才抖了一下肩膀，驚覺自己的行為有多麼沒有常識。別說是前一天了，竟然在當天深夜邀人家約會。

不，正確來說，他並非沒想到自己的舉動有多唐突。只是，不久前的士道根本沒有餘力在意這件事……不對，若是問到現在是否有餘力，也只能搖頭否定就是了。

「不好意思，突然提出這種無理的要求。」

「……沒關係。雖然就我的立場而言無法大聲宣揚，不過能得到你的邀約，我怎麼可能不開心呢——但畢竟是約會，我確實不好讓琴里通融我拖延工作。」

「哈、哈哈……」

士道額頭冒汗苦笑後，令音便輕輕揮了揮手，在〈佛拉克西納斯〉的走廊上漸行漸遠。

不久後，令音拐過轉角，不見其背影了。

「呼哈——」

確認她已走遠的瞬間，士道宛如浮出水面般大大地吸了一口氣。

背上大汗淋漓，指尖微微顫抖。用氣勢與決心壓制住的極度緊張，似乎從體內一口氣噴發了出來。

士道踉蹌地將背靠在走廊的牆面後，就這麼往下滑並蹲在地上。

「……總之，算是突破了第一道關卡……吧？」

接著以誰也聽不見的細小聲音如此低喃。

已經成功邀請了令音約會。當然接下來才是關鍵時刻，千萬不能掉以輕心，但總可以允許自己鬆一口氣吧。

不過，士道早已多少預測到自己會邀約成功。

因為他隱約能感受到令音不可能會拒絕士道的——不對，是澪不可能會拒絕真士的邀約。

所以士道明知自己邀請約會的時機過於唐突，仍執意進行。

「…………」

士道用雙手拍了拍臉頰，重新激勵自己。

明天的約會自然不用說，但在那之前還有非做不可的事情。

對方是初始精靈，沒有事先做好某種對策就萬事安心這種事。既然如此，只能在有限的時間裡，先做好自己能力所及的所有準備了。

問題在於順序。千萬不能讓令音發現士道的目的，否則那一瞬間計畫便前功盡棄。所以最先應該採取的手段是——

「——！對了，就先找『那傢伙』吧。」

士道思考了片刻，腿使勁當場站起來。

然後直接在走廊上前進，踏入設置於艦內的男廁隔間。

〈佛拉克西納斯〉艦內安裝了無數攝影機和麥克風，但再怎麼樣總不會連廁所裡都要記錄吧。在這裡只要不大聲說話，就不會留下對話紀錄。

士道把廁所隔間的門鎖上，從口袋裡拿出智慧型手機，輕觸寫著「M」字的應用程式圖示。

於是，手機螢幕顯示出「MARIA」五個英文字母，從揚聲器傳來耳熟的聲音。

『——確認啟動應用程式。有何貴幹？』

銀鈴般少女的聲音。她是士道正在搭乘的空中艦艇〈佛拉克西納斯〉的管理AI，瑪莉亞。

沒錯。士道的手機（不知不覺）安裝了能與瑪莉亞直接通訊的應用程式。只要使用這個程式

就能不透過艦內的機器，試圖與瑪莉亞溝通。

「喔喔，我有事找妳商量，瑪莉亞。」

『什麼事，在決戰前邀請女老師約會的五河・無節操・士道？』

「…………」

聽見瑪莉亞用感覺有些不悅的聲音如此說道，士道不禁沉默。

……看來剛才的對話也留下紀錄了。若只截取那個場面來判斷，也難怪會給人這樣的印象。

「……不是啦，妳聽我解釋，瑪莉亞。」

『不用解釋，我並沒有要責怪你的意思。接下來的這一戰恐怕是至今規模最大的戰役。我們當然不會讓你送死，但事先斷絕後顧之憂也絕不是一件壞事。況且瀕臨生命危機時，思考如何繁衍後代是生物天經地義的本能。作為第一次的對象，令音可說是無可挑剔，肯定會溫柔地教導你。我不知道士道喜歡姊姊型的，可以告訴我具體而言是哪一點吸引你嗎？好讓我當作參考。是包容力？胸部？安心感？是胸部嗎？果然還是胸部嗎？嘖！』

「瑪、瑪莉亞？」

『再怎麼大，頂多也不過九十五公分左右吧。我的艦身相當於胸部的部分可是超過兩百五十公尺呢。』

「呃，妳說相當於胸部的部分是指哪裡啊！……不對，總之，妳先聽我說啦……！」

士道懇求般說道。瑪莉亞這才終於收斂起氣勢，催促士道接著說下去似的保持沉默。

「……聽好了，瑪莉亞，妳可能難以置信，但請妳平心靜氣地聽我說。我是從距今三十幾個小時之後──二月二十日那天來的。不對，正確來說，是只有當天的我的意識回到了現在的我身上。」

『這樣啊。』

瑪莉亞聞言後，沒有擺出覺得可笑或一副聽你在鬼扯的態度，而是靜靜地回答：

『你的意思是──使用了狂三的〈刻刻帝(Zafkiel)〉嗎？』

「……對，沒錯。幸虧妳一聽就懂。」

『從過往的事例來類推，只能得出這個結論──當然，除非你因為和令音幽會的事露了餡，才出此下策，口不擇言。』

「我、我說妳啊……」

『開玩笑的。幽默是心靈的緩衝劑。陷入絕境時，我希望你更要擁有能以輕鬆愉快的玩笑話帶過的餘力。』

「……我會努力的。」

士道苦笑著點頭……多麼可靠的人工智慧啊。一開始之所以會選擇瑪莉亞作為商量對象，是為了情報管理與整合，沒想到還有種受到打氣鼓舞的心情。

『——總之，先聽後續吧。請放心，我們的對話不會留下紀錄。你特意選擇這種場所，就是為了這樣吧？』

「沒錯……」

士道深深頷首後，娓娓道來。

——在與DEM交戰中，初始精靈澪穿破狂三的胸口現身。

而令音正是澪偽裝的身分。

她一一打倒精靈，奪走她們的靈魂結晶。

甚至連十香也因為體內的澪的力量被奪走而煙消雲散。

於是，士道利用封印在自己身體的【六之彈】返回決戰前夕。

『……原來如此。』

士道說明完，瑪莉亞發出像是吐了一口長氣的聲音如此說道。當然，照理說AI不可能會吐氣，設計得真精緻啊。

『狀況我理解了——士道。』

「嗯，怎樣？」

『還好你活下來了。』

「……！」

瑪莉亞這簡短的一句話令士道不禁眼眶一熱。不過，怎麼可以在這種時候落淚呢。士道用衣袖擦拭眼角，盡力擺出一副開朗的模樣。

「……是啊，都是多虧了大家。」

『說的也是。大家真是努力呢。』

瑪莉亞如此說完，思考般輕聲低吟後，接著說：

『——好了，如此一來就不能在這裡浪費時間了，必須為明天做準備才行——先請求琴里的協助吧。由我來聯絡她，士道你先去琴里的辦公室。詳細情形到那裡再說。』

「嗯，也好。必須……先告訴琴里才行。」

士道語氣沉重地吐出這句話。

五河琴里是士道的妹妹，同時也是〈拉塔托斯克〉的司令官。若是要牽涉到〈拉塔托斯克〉，企圖執行什麼作戰行動，絕對少不了她的協助。

不過，琴里與上述的令音交情匪淺，稱得上摯友的關係。必須將真相告訴琴里，士道實在於心不忍。

『是的。雖然心裡難受，但還是必須這麼做——為避免令音察看紀錄，我會在艦內的對話紀錄和影像上動手腳，讓她看也看不出個所以然。當然，既然令音也在〈佛拉克西納斯〉，光是這樣還不能安心。千萬別讓她直接聽到你們的談話。』

「我知道了。去辦公室就行了吧？」

『對。本來回家能降低被聽到對話的風險，但以現在的狀況，琴里離開戰艦未免太不自然。盡量別讓令音起疑才好。』

「原來如此。了解，我就先去那裡等她吧。」

『好的——不過，雖然不會留下紀錄，但在琴里的辦公室用臉頰磨蹭她椅子的靠墊，或是狂吸她替換的襪子可不太好喲。』

「喂喂……」

士道說到這裡，想起瑪莉亞剛才說的話。

「那真是可惜，我就只偷親她愛用的杯子好了。」

『呵呵——嗯，算你反應快。』

士道刻意聳了聳肩說完，瑪莉亞便發出開懷的笑聲。

◇

「唔……醒過來了呢。」

「嗯嗯……」十香輕輕伸了伸懶腰，走在〈佛拉克西納斯〉的走廊上。她那頭如夜色般漆黑的長髮隨著動作輕撫著她的背。

時間已超過午夜十二點。對總是早睡早起的十香而言，可說是熬夜到非常晚。話雖如此，十香也是迫不得已才在艦內徘徊。她原本和其他精靈在寢室睡覺，但睡在隔壁的美九睡相實在太驚人，被她的動作吵醒，只好去艦內的休息區喝杯溫暖的飲料。

不過，休息室已經有個出乎意料的人——是士道。

不對，看見士道本身一點也不足為奇。她的確是嚇了一跳，但想必士道也有想在夜晚喝杯飲料的時候吧。十香反而因為這偶然的邂逅感到十分欣喜。

但是，若士道一看到十香就一副感動萬分的樣子緊抱住她，那就另當別論了。

「夢啊……」

十香像是想起擁抱的觸感，伸出手緊抱住自己的肩膀，吐出這句話。

沒錯。士道說他作了個夢——夢見大家在明天的戰鬥中全軍覆滅。

那肯定是非常可怕的夢吧，畢竟把士道嚇成那副模樣。若十香夢見同樣的夢，肯定會淚濕枕頭，嚇得跳起來。

不過——不，正因如此。

「…………」

十香加強摟住自己肩膀的力道。

「我絕不會讓那個夢境成真。」

然後用力說出這句話，彷彿決心在全身沸騰。

據士道所說，十香在夢中大顯身手，保護士道——雖然是在夢中，不也非常引以為傲嗎？

既然如此，怎麼可以輸給夢中的自己。「好！」十香拍了拍臉頰激勵自己後，稍微加快腳步返回寢室。

為了即將到來的決戰，十香現在該做的就是充分的休息吧。先好好睡一覺——

不過——

「…………唔？」

她回到寢室時，一臉疑惑地皺起眉頭。

然而，這也是理所當然的事。因為她在寢室門口附近看見了兩名身材嬌小的少女。

一名少女左手戴著兔子手偶；而另一名少女則是紮起一頭長度應該能觸地的長髮——她們分別是精靈四糸乃與六喰，照理說正在同一間寢室睡覺才對。然而兩人如今卻眼睛睜得老大，打著哆嗦，凝視著寢室深處。

「四糸乃、六喰，妳們在幹什麼？」

「……！十香！」

「喔喔，妳平安無事呀。」

「哎呀～我還以為妳已經被吃掉了呢～」

十香出聲攀談後，四糸乃、六喰以及兔子手偶「四糸奈」便立刻吃驚得抖了一下肩膀，看到來者是十香後才鬆了一口氣。

「……？發生什麼事了嗎？」

「其、其實是……」

十香詢問後，四糸乃便戰戰兢兢地指向房間深處。

「唔……？」

十香循著四糸乃指尖指示的方向望去，發現關掉電燈的房間深處有什麼東西在蠢動。

不久，眼睛習慣了黑暗，才得知其真面目就是——

「啊，啊啊啊……」

仰躺在地板上，無力地發出聲音的七罪……

「嘶——……嘶——……」

以及「嗯啾～～～……」地吸住她腹部的美九身影。

「這……這是怎麼回事……」

看見擴展在眼前的莫名其妙的光景，十香的表情染上困惑之色。這時，美九正巧動了動身體，七罪便痛苦得發出「嗯唔啊啊啊……！」這種呻吟與叫聲混合在一起的聲音。

「七、七罪……！」

「快、快逃，四糸乃……趁這傢伙纏住我的時候……要不然，我快撐不住了……」

「我怎麼可以拋下妳逃跑……！」

四糸乃與七罪情緒高漲地說出以上對話。十香臉頰流下汗水，望向完全被當成怪物的美九。

「美九，妳在做什麼！快放開七罪！」

「十香，且勿白費心力，妳仔細瞧瞧。」

「什麼……？」

聽六喰這麼一說，十香仔細觀察美九。

便發現美九閉著眼睛，嘴裡唸唸有詞發出含糊不清的聲音。

「……唔……咦咦……真的全部都可以享用嗎～～……？人家肚子會撐破～～……」

十香見狀，戰慄得瞪大雙眼。

「什麼……！美九該不會——」

「嗯……雖然難以置信，但美九仍在夢鄉。也就是說，那是——她的睡相！」

「嗯～～……呼～～……」

六喰猛力地指著美九大喊。於是，美九宛如聽見了這句話，手腳開始蠢動。

「呀————！」

「七罪！」

「唔哇～～喔，真是火熱～～」

「真傷腦筋……如此下去，七罪的精氣會被美九吸乾的。」

七罪發出慘叫，四糸乃、「四糸奈」與六喰則是一籌莫展地如此說道。

「唔……」

看見這幅光景，十香毅然決然點了點頭，將手擱在四糸乃與六喰的肩上，踏入寢室。

「！十香……？」

「危險啊，十香。雖說她正在沉眠，卻十分敏銳。妳若靠近她，可是會淪落到和七罪一樣的下場喔！」

「別擔心——之前二亞教過我如何處理這種情況。交給我吧。」

十香用力點頭如此說完，便脫下腳上的一隻襪子，抓住襪子尾端，像要讓蟲笛發出聲音那樣開始甩動襪子。

「好乖好乖，回去森林裡吧，美九。嚕～～嚕嚕嚕～～」

「…………！」

於是，美九像是發現十香的動作般驀然抬起頭。

然後雙唇離開七罪的腹部，宛如被十香的襪子吸引，慢慢在地板上朝十香移動。

「……呼～～……呼～～……」

「──喝啊！」

當美九靠得夠近時，十香便將襪子用力扔向牆壁。

「……！」

於是，美九追著襪子，縱身一躍──

「──啊呀！」

就這麼「咚」一聲發出低沉的碰撞聲，用力撞上牆壁。

「啊……！這、這裡究竟是……」

臉用力撞上牆面的美九一副赫然回過神來的樣子，睜開眼睛。

看來總算是清醒過來了。美九揉著剛才猛烈撞擊的額頭，四處張望。四糸乃和六喰見狀，吐出安心的氣息，衝到七罪身邊。

「七罪，妳還好嗎？」

「還、還可以……」

「唔……腹部變得像是被章魚吸盤吸過一樣呢……」

七罪在兩人的攙扶下，搖搖晃晃地坐起身。

美九見狀「呀～～！」地發出驚愕的聲音。

「七罪，妳那副不檢點的模樣是怎麼回事！太詐了～～！妳們一起在人家睡覺的期間做了什麼事～～！」

「「…………」」

美九說完，所有人一語不發地望向她。這麼明顯的態度，想必美九也察覺到不對勁了，不久便流下一道汗水，依序望向其他人的臉。

「呃、呃～～……我說妳們……這是怎麼了嘛～～感覺表情很恐怖耶～～……」

美九搔了搔臉頰說道，看來真的什麼也記不得的樣子。七罪見狀，精疲力盡地嘆了一口氣。

「……美九，妳剛才到底作了什麼夢……是夢見去飯店吃自助餐嗎？」

「咦？夢嗎～～……？啊！聽妳這麼一說，人家的確作了一場美夢喲～～夢見和七罪、四糸乃、六喰還有十香睡在同一個房間～～……」

「妳真的有作夢嗎！為什麼夢見和我們睡同一間房會說出那種夢話和擺出那種睡相啊！」

聽見美九的回答，七罪一副忍不住的樣子語帶哀號地說出這句話。

於是——

「——妳們在幹什麼？」

當大家吵鬧不已時，從走廊射進寢室的亮光中突然冒出某人的影子。

「唔？」

朝那邊望去，發現一名少女站在房間門口。髮長及肩，如人偶般面無表情的臉龐——她是精靈鳶一折紙，照理說，應該正在隔壁寢室睡覺才對。

「喔喔，折紙。抱歉，吵醒妳了嗎？」

十香認出折紙後，微微低頭致歉。折紙對聲音很敏感，若是在隔壁房引起這種騷動，也難怪她會被吵醒。

「……………」

不過，折紙搖了搖頭，對十香說的話表示否定。十香納悶地歪過頭。

「唔……那妳過來做什麼？」

十香詢問後，折紙便語氣冷靜但內含熱情地說：

「既然大家都起來了，那正好——我有重要的事要跟妳們說，過來。」

「……？」

十香感覺到折紙的態度非比尋常，頷首答應。

◇

「………………………這樣啊。」

——經過漫長的沉默後。

琴里將盤踞在心中的汙泥吐出，化為這簡短的一句話。

士道成功與瑪莉亞通訊後經過約二十分鐘，依照瑪莉亞的指示，來到辦公室與琴里會合。他好不容易才拂去如鉛一般沉重的心情，向琴里說明未來發生的事。

於是——得到的回應便是剛才那句話。

極為簡短，卻足以窺見琴里內心想法的三個字。

照理說，她應該非常想大叫吧，應該非常想哭泣吧，應該非常想揪起士道的前襟吶喊「這不可能」吧。

然而——不知是幸或不幸——琴里具備強忍住激動的情緒，不隨便發洩的堅強。她驀然抬起低垂的頭，以黑色緞帶紮起的雙馬尾以及披在肩上的外套下襬隨之晃動。

「你應該很難受吧，謝謝你願意告訴我。」

琴里語氣溫柔地說道。然而，表情與語氣完全相反，流露出悲切的情緒。

不過，這也是理所當然的事。畢竟她在所有部下當中最信任的令音，正是初始精靈——五年前將琴里變成精靈的罪魁禍首。

更別說還附上殺了包含琴里在內的所有精靈這種雖然尚未在這個世界發生的慘痛事實，就算是琴里，也承受不住吧。

「……抱歉。」

「幹嘛道歉？我反而要感謝你竟然能在那種困境下絕處逢生。若不是你，我們的命運就已成定局了。真的——很感謝你。」

琴里如此說道，莞爾一笑。

「琴里——」

『——好了，那麼來擬定對策吧。』

就在士道目睹琴里悲痛不已的模樣，不禁想開口說話的那一瞬間，擺放在兩人之間的小型終端機響起瑪莉亞的聲音打斷士道。

「……！」

士道微微屏息，遲疑了一下後點點頭回答：

「嗯……說的也是。」

接著小心避免琴里發現，從口袋拿出智慧型手機，輸入「抱歉，還好有妳幫忙」這句訊息，傳送給瑪莉亞。於是，螢幕上立刻顯示「別客氣，道什麼謝……送我三臺超級電腦就好」這幾個文字。

琴里明顯在逞強。儘管如此，她還是試圖當個堅強的司令官。那麼士道可不能隨口說出白費她心意的話。

當然，有時吐露情緒未嘗不是一件好事。像個符合她年紀的少女一樣，訴訴苦也好。

不過，那肯定不是現在。

因為現在還——什麼事都沒有解決。

「…………」

士道決定等一切結束後再竭盡全力緊緊擁抱琴里，讓她盡情哭泣。他接著說：

「總之，我已經成功邀請令音約會了。但接下來才是重點。」

「是啊。必須在天亮前想好大致的約會行程。當然，前提是也要確保最起碼的睡眠時間。」

「另外——」琴里豎起一根手指接著說：

「還必須同時準備對抗DEM之戰。就算成功封印令音——澪，之後被DEM打敗的話，就慘不忍睹了。對敵方而言，根本是坐收漁翁之利。」

「哈哈……就是說呀。」

士道臉上浮現乾笑，聳了聳肩。

他的確藉由時間天使〈刻刻帝〉的力量，從絕望的下場重返過去，獲得機會，得以重新翻轉理應已成定局的歷史。

不過，這同時代表著未來已達成的事也會歸零。

士道等人的〈拉塔托斯克〉在即將到來的二月二十日，與DEM——Deus Ex Machina Industry

進行全面戰爭。

而經過一番激戰後，他們成功討伐了敵方首領艾薩克．威斯考特，不過——這次未必能一樣順利。

況且正是因為澪出現在戰場上，才導致威斯考特親臨最前線這種異常事態發生。假如士道在戰鬥前封印了澪的力量，對方的戰略也會大幅更改吧。眼下最優先的事項依然是澪，但ＤＥＭ也絕不容小覷。

琴里「唔」了一聲將手抵在下巴，推動話題。

「——將這個消息分享給船員的時機令人苦惱呢。既然要獲得他們的協助，就必須告訴他們，但若是在令音待在艦上時告訴船員，有可能會被令音發現……」

『妳說得沒錯，但我認為沒必要那麼擔心。令音已經移動到單間房，她應該不希望明天早上突然接到緊急業務，勢必會避免與船員接觸吧。』

「原來如此……話說，早上通常會接到緊急業務嗎？」

『因為令音十分優秀，有船員工作做不完，哭著跑來求她幫忙，早已是司空見慣的事。就這一點而言，還真得感謝平常不顧分內工作，致力於外務的中津川和幹本呢。什麼能派上用場還真是難以預料呢。』

「哈哈哈……」

士道擺出複雜的表情搔了搔臉頰，不曉得是否能老實地評價。

虜獲澪芳心的準備，加上對付DEM的戰略，如今有再多人手都不足。當務之急是避免讓令音發現，盡可能增加掌握事態的夥伴才是……但士道作夢也沒想到，中津川製作人偶模型和幹本打私人電話的行為，竟然會在這時帶來益處。

就在這時──士道抽動了一下眉尾。

因為有一群人和船員一樣，必須知道令音的事。

大概是從士道的表情變化猜測出士道的想法，琴里面有難色地盤起胳膊，吐了一口氣。

「──你在考慮其他精靈的事嗎？」

「……沒錯。這件事必須告訴她們吧──但我的心情還是有點沉重。」

雖說精靈們與令音的交情不如琴里那樣長久，但總歸還是受到令音不少照顧。除了士道和琴里以外，與她們接觸最多的機構人員，恐怕就是令音了。

縱然是萬不得已，必須告知大家如此值得信賴的大姊姊會殺死她們，士道心裡的壓力還是十分沉重。

「是啊……不過，必須跨過這一關才行。」

「……是啊。」

士道回憶起令音在未來世界現出真面目時的事，並且頷首。

精靈們當時儘管不知所措，還是冷靜地接受事態。當然因為在戰鬥中，無法驚慌失措也是原因之一，但她們——比士道想像的還要堅強。

〈拉塔托斯克〉的確是庇護精靈的組織，但低估她們內心的堅強，隱瞞情報，才是對她們的侮辱吧。

她們肯定能戰勝這個事實。士道如此深信不移，再次點了點頭。琴里也像是予以回應般頷首並說道：

「不過，現在大家都睡了吧？其實我本來想詢問她們對製作約會計畫有什麼意見，但也不能讓那些主要和DEM戰鬥的精靈狀態不佳——」

琴里說到這裡時，士道的智慧型手機突然震動了起來。

「嗯……？」

士道一時之間還以為是瑪莉亞——但立刻在腦海裡否定。如果是瑪莉亞，只要透過終端裝置說話就好；若是想傳達什麼給士道一個人知道，只要像剛才一樣傳送訊息就好，沒有必要特地通話吧。

士道納悶地望向手機螢幕，上頭顯示著「鳶一折紙」的名字。

「折紙……？」

他歪了歪頭，按下通話鍵。於是，話筒傳來輕柔的嗓音。

『——事情我聽說了。』

「咦……？」

面對這突如其來的話語，士道發出錯愕聲。不過折紙絲毫不在意，以淡淡的口吻繼續說：

『我們也來幫你製作約會計畫。請允許我們使用簡報室。』

「等……等一下，妳怎麼會知道——」

「手機借我一下可以嗎？」

當士道正感到困惑時，琴里伸出手搶走士道手上的智慧型手機。

然後將手機放到桌上，輕觸螢幕上顯示的「擴音」圖示。

「哈囉，折紙，妳在哪裡？」

『第二寢室。』

面對琴里的質問，折紙簡潔地回答。

不，不只如此。折紙回答後，她的背後緊接著傳來好幾道聲音。

『——我們也在喲！』

『呵呵，黑暗的帷幕是本宮之搖籃！』

『請求。也請讓夕弦等人出一份心力。』

『哎喲～竟然在不知不覺間演變成熱烈的發展～～二亞我倒是不討厭這樣就是了～～』

精靈們七嘴八舌地高聲說道，而且大家似乎都清楚地知道令音的真面目——應該說是知道士道與琴里談話的內容。士道不明白究竟發生了什麼事，困惑地皺起眉頭。

不過，相對於士道的反應，琴里倒是好像察覺到什麼似的，瞇起眼睛，開啟雙唇：

「……所以，妳到底是從『哪裡』知道的？」

『第二顆鈕釦。』

折紙回答後，琴里便目不轉睛地盯著士道——正確來說，是士道所穿的襯衫的鈕釦。

「！該不會——」

聽見兩人的對話，士道這才驚覺。

他猛然低下頭，檢查自己身上的襯衫鈕釦，於是發現只有第二顆鈕釦與其他鈕釦有著微妙的不同。具體而言，就是比其他鈕釦稍重，背面有小孔。

簡單來說——就像竊聽器一樣。

「真是……敗給妳了，折紙。」

『沒想到竟然會因為這種老套的手段而走漏消息。虧我還煞費苦心，精巧地偽裝艦內的影像和對話紀錄。』

琴里無奈地搖搖頭嘆息，而終端機的擴音器則是響起瑪莉亞有些懊悔的聲音。

於是，折紙接著淡淡地回應兩人：

『簡單的方法，總是能在最後的關鍵時刻發揮效用。如果村雨老師採取同樣的手段，此時此刻早就完蛋了。小心點。』

「不，令音才不會在鈕釦裝竊聽器啦！」

『先入為主或主觀臆斷是非常危險的事。照你這樣說，根本沒有人猜想得到她就是初始精靈不是嗎？應該隨時假設最壞的狀態才對。』

「唔……」

聽折紙這樣一說，士道無言以對……折紙說的確實沒錯。

不過，琴里卻猛力搖搖頭予以否定。

「士道，別被她唬得一愣一愣的。先入為主的觀念確實危險，但那跟折紙裝竊聽器完全是兩碼子事。」

『別誤會，我只是為了告誡你們要小心而已。』

「……那麼，其他衣服當然沒有裝吧？」

『沒有全部裝。』

「那就是有嘛！」

琴里拍桌大喊後，搔了搔頭說：「真是受不了妳耶……」並且重新坐回椅子上。

「……所以，大家都了解事情的來龍去脈了吧？」

『沒錯。』

『是的……！』

『嗯。』

話筒另一端傳來精靈們各自的肯定。琴里無奈但有些欣喜地嘆了一口氣，望向士道。

士道點點頭後，對智慧型手機的收音孔說：

「我知道了。請大家助我一臂之力，開始——我們的戰爭（DATE）吧。」

『——喔喔！』

精靈們異口同聲回答。士道與琴里對看，不約而同地露出苦笑。

「……好了，那就立刻行動吧。到簡報室集合。令音正在工作，應該不太可能在走廊上碰到。但還是一個一個移動比較保險，這樣萬一在走廊上碰到，說的藉口比較能讓人信服。」

『了解。那麼，待會見。』

折紙簡短回覆琴里的指示後便切斷通話。士道確認電話掛斷後，將智慧型手機收進口袋。

「好了……那我們也分別過去吧。你先去，我不在的話，你從我辦公室離開會很奇怪。」

「好，我了解了。不過——」

士道從椅子上站起來後立刻止住話語。琴里一臉疑惑地望向他。

「怎麼了，有什麼問題嗎？」

「——要花一些時間才能聚齊所有人吧。我有一件事想先去辦……可以嗎？」

士道表情透露出緊張的情緒如此說道。或許是感受到他的心情，琴里微微皺起眉頭。

「有事想先去辦……？」

「沒錯……不知道能不能成功，也不知道這麼做到底對不對。可是——我想這件事情非做不可。」

士道緊握拳頭，如此回答琴里的提問。

◇

像是要把人吸進去的星空——這種形容方式雖然是在表達對星空壯觀之美的感動與憧憬，但基本上還是存有一絲恐懼吧。

士道在天宮市郊外一處高地的公園裡仰望著天空，沒來由地想著這種事。

明明幾乎每晚都仰望著星空，卻完全不清楚那裡面有什麼。如此切身無比的未知，龐然大物的腹部之下。若是踏進一步，恐怕再也無法歸來了吧——隱約有這樣的恐懼。不過，或許正是因為懼怕，人類才覺得星空美麗。

萬里無雲的冬季夜空，滿天星斗閃爍，形成如夢似幻的光景。大概是因為自己周圍也一片漆黑，難以掌握距離感，就這麼目不轉睛地凝視，彷彿真的就要掉進天空。

「———」

——自己並非特地配合或刻意策劃，但此時此地不正與「她」十分相稱嗎？士道有些自嘲地聳了聳肩。

沒錯。士道不惜撥出寶貴的時間，先從〈佛拉克西納斯〉降落到地面的理由正是「如此」。除了艦內的船員和精靈，士道還必須將事實傳達給另一名對象。

他垂下原本仰望天空的臉，掃視公園。

那裡並沒有人。時刻已接近深夜一點。若是車站前倒也就罷了，這種郊外的公園怎麼可能會有人在——所以，士道才選擇這裡作為〈佛拉克西納斯〉傳送的場所。

實際上他並不拘泥於場所。什麼地方都無所謂，只要是杳無人跡，能產生影子的地上就好。

——因為「她」肯定隨時都在看著士道。

「我有話想跟妳說——妳在吧，狂三。」

士道對著黑夜如此說道。他並沒有要大聲說話的意思，但在萬籟俱寂的公園裡，這肯定是不小的噪音吧。這句呼喚聲宛如慢慢滲透，在公園裡迴蕩。

數秒後，士道的目光捕捉到奇妙的光景。

公園外圍設置了星星點點的路燈。其中一盞路燈下昏暗的燈光中心出現了一個小黑點。

那個小黑點慢慢擴大面積後，變成水窪大的影子——沒多久，從中出現了一名少女。

她擁有一頭如黑暗般烏黑亮麗的頭髮，以及與之呈現對比的白皙面容。身上穿著的洋裝也以黑白兩色構成，髮飾與胸前都搭配薔薇設計，而她彎成新月形狀的妖魅右眼則是在路燈光線照射下，閃耀著紅色光芒。

「——哎呀、哎呀。」

少女——狂三宛如名門千金或像個滑稽的小丑，畢恭畢敬地行了一個禮。

沒錯。她就是最邪惡的精靈，時崎狂三。

既是擁有時間天使〈刻刻帝〉的精靈，也是讓士道回到過去的最大功臣。與她見面，就是士道的目的。

「真是稀奇呢，士道竟然會呼喚我——難不成，是想把靈力給我了嗎？」

狂三打趣地說道。士道微微聳了聳肩，回答：

「很遺憾，我們約好了，如果妳能讓我迷戀上妳，我才會把靈力給妳。」

「呵呵呵，說的也是。」

狂三也打從一開始就不認為士道是為了要給她靈力才呼喚她出來的吧，只見她一派輕鬆地笑道。

士道再次移動視線觀察她。長髮披垂，最具特徵的左眼用醫療用眼罩遮蓋起來。

——不會錯。她「既是時崎狂三，也非時崎狂三」。

而是以狂三的天使〈刻刻帝〉射出的【八之彈】重現的分身——狂三過去姿態其中之一。

而且，她極具特色的服裝正是士道曾經見過的五年前的狂三。

雖然士道早已預料到本尊不可能在監視自己，但萬萬沒想到會是她出現。士道懷抱著莫名的感慨，接著說：

「……保險起見，我先問一下，現在只有妳一個人在這裡嗎？」

「呵呵呵，你說呢？」

對於士道的提問，狂三並未正面回答。從她的立場來看，想必不會刻意對士道說真話吧。

「拜託妳，回答我——狂三本尊有在聽我們的對話嗎？若是她沒在聽，我接下來要說的話，她要怎麼知道？」

「……你問的問題還真是奇妙呢。」

不知是對士道奇怪的提問感到疑惑還是察覺到氣氛非比尋常，狂三微微瞇起雙眼。

然後凝視士道的眼睛片刻後，才像認輸般吐了一口氣。

「——真正的『我』，目前不在這裡。另外，如果我要將資訊傳達給真正的『我』，會用口頭或是共享腦內的資訊——還有就是使用【十之彈】吧。通常因為要消耗時間，所以不會選擇這個方法就是了。」

「嗯……話說，既然能共享腦內資訊，這麼方便，還有必要特地口頭傳達嗎？」

士道詢問後，狂三便誇張地聳了聳肩。

「當然有必要呀。雖說是分身，我們也是有個人隱私的。就算對方是未來的自己，也不想將一切赤裸裸地攤開給人看。」

「原、原來是這樣啊……」

「況且——」狂三接著說道：

「用口頭傳達的話，可以取捨資訊。畢竟我們的數量十分龐大，若是共享所有資訊，即使是真正的『我』，腦袋也承受不住。」

「原來如此啊……」

聽她這麼一說，確實有道理。說什麼隱私之類的只是狂三在耍幽默，這才是原本的理由吧。

「共享腦內資訊啊……這樣的話，搞不好……不，到底要說到什麼程度——」

當士道將手抵著下巴思考時，狂三一臉不滿地嘟起嘴。

「你在喃喃自語些什麼？你要說的話該不會就只有這樣吧？」

「啊，不是，抱歉。」

士道輕輕低頭道歉後，看著狂三的雙眼，接著說：

「我不知道接下來談話的內容能不能告訴真正的狂三。所以——拜託妳，可以請妳聽完後做判斷嗎？」

「你還真是愛賣關子呢。到底是什麼事呀？」

狂三盤起胳膊，一臉納悶地皺著眉頭，催促士道繼續說下去。士道吐了一口氣，調整呼吸後說道：

「二月二十日……狂三本體——將會喪命。」

「…………哎呀、哎呀。」

聽完士道說的話，狂三瞬間瞪大雙眼，但立刻眉頭深鎖，像是察覺到這句話代表的含意。

「你說得一副——『好像親眼看過似的』。」

「……是啊，妳說的沒錯。」

士道說完，狂三想必是理解一切了，只見她微微聳了聳肩。

「是【十二之彈(Yud Bet)】……不對，是【六之彈】嗎？不過，『我』究竟是被誰殺死的？就算對手是艾蓮·梅瑟斯，『我』也不會那麼輕易戰死。」

狂三伸出一根手指觸碰下巴問道。

士道感到有些緊張，將那個人的名字告訴她：

「——崇宮……澪。」

「——————」

狂三的表情頓時像愣住般放鬆──然後立刻轉成憎惡與戰慄混雜在一起的模樣。

「士道，你剛才說什麼？」

「是──澪。初始精靈殺了狂三。不……正確來說，是澪早已位於狂三的體內。在戰場上，澪突然從狂三的體內出現。」

「…………」

士道說完，狂三大概是有頭緒了，只見她表情嚴肅地流下一道汗水。

「……原來如此，是那個時候嗎──我還想說怎麼那麼容易就解決了，竟然來這一招嗎？」

狂三沉思般沉默了一陣子後，吐出一口長氣。

「……感謝你提供的消息。倘若那個澪真的存活於『我』體內，的確有可能透過『我』的感官獲得外部的資訊。你的判斷是對的。」

「怎麼樣……？有辦法不讓澪發現，將這個消息傳達給狂三嗎？」

「應該可以──不過，就算知道這件事，能不能從體內懷抱著敵人的狀態下生還，那又另當別論了。」

狂三突然露出苦笑般的笑容說道。士道屏住呼吸，緊握拳頭。

「妳說的……沒錯。」

「呵呵呵，別露出那種陰沉的表情嘛。狀況的確非常絕望──但多虧了你，『我』還有選擇的餘地。」

狂三如此說完轉過身，裙襬隨之飄揚。

「──那麼，我會將來自未來的忠告確確實實地轉告給『我』。」

「嗯，謝謝妳，狂三──真的很感謝。」

士道朝她的背後深深低下頭。狂三瞥了士道一眼，愉悅地笑道：

「呵呵呵，你這樣未免太誇張了。沒必要──」

說到這裡，狂三大概是察覺到士道話中的含意了，她微微抽動了眉毛，撇過頭。

「──士道，未來的我，有盡到自己的義務了嗎？」

「……………有。帥斃了。」

「這樣啊。」

士道說完，狂三微微一笑，就這麼消失在影子之中。

◇

「……………」

令音在〈佛拉克西納斯〉內的單間房中敲著終端機的鍵盤，結束大致的作業後，靠在椅背

上，椅背因此嘎吱作響。

她瞥了一眼螢幕邊緣顯示的時刻——凌晨一點半。算是比較早處理完了。

令音將終端機設為睡眠狀態後，從椅子上站起來，伸了一下懶腰。

「……約會啊……」

然後像在反覆思量這個詞彙似的吐出這句話。

她萬萬沒想到士道竟會在這個時間點邀自己和他約會。

他應該不可能知道自己是精靈。如此一來——

「…………」

令音輕輕搖了搖頭甩開思緒。

不管士道有怎樣的意圖都無所謂。

——因為令音絕不可能拒絕他的邀約。

「……好了。」

令音「呼」地吐了一口氣，帶著裝了內衣褲和居家服的袋子，以及裝有化妝水和乳液的化妝包，走出房間。目的地是〈佛拉克西納斯〉修繕時新建的大浴場。

今天已經很晚了，明天還要約會，簡單沖個澡，然後上床睡覺比較好吧。

當然，嚴格來說，身為精靈的令音未必非得這麼做。就算會藉由淋浴沖掉身上的汙垢，入浴後不必塗抹化妝水和乳液讓皮膚吸收，也能適度地維持身體狀況。對令音來說，那不過是浪費時間和金錢罷了。這麼說一點也不為過。

那她為什麼還要做這種事呢？理由很單純，就只是因為那是二十幾歲的女性會做出的標準行為。

為避免被別人發現自己是精靈，令音一直小心翼翼地過生活。若是自己一個人時，省略這些行為當然沒有問題，但習慣這種事情，總是會在鬆懈時露出馬腳。不怕一萬，就怕萬一。因此令音盡可能將「表現出人類的行為」這件事放在心上——不過若是貫徹過頭，反而會不像人類，因此令音有時會配合身體的疲勞程度，刻意省略這些習慣。

就這層意義而言，就寢也是其中之一。令音大約有三十年都不曾入眠，但每晚上床後，都會闔上眼睛直到天亮。

不——說是不曾，算是有語病吧。正確來說，她曾有幾次嘗試過睡眠。雖說不睡覺也能採取行動，但令音也明白每晚入睡會使能量恢復得較快。況且在意識清醒下，無所事事躺在床上好幾個小時只會無聊得發慌。

然而，每次入睡——令音總會作同樣的夢。

至今仍難以忘懷的三十年前的光景。

小士——崇宮真士死在自己眼前，那絕望的光景。

令音每次都會流淚驚叫，面容憔悴，身心疲憊不已地從床上跳起來。

對她來說，夜晚並非休息的時間，睡眠也並非能讓她安歇。

然後——

「唔……！」

「……嗯？」

當令音思考著這種事情並前往大浴場，拐過走廊的轉角時，突然與某人撞個正著。

看過去發現是理應在寢室睡覺的精靈十香。她在睡衣外面披了一件針織衫，腳上穿著拖鞋。

「令、令音……！」

「……喔喔，十香。這麼晚了，妳在這裡做什麼？」

令音詢問後，十香明顯慌張不已地雙眼游移。

「沒、沒有啦，就是啊……」

「…………？喔喔……」

看見十香驚慌失措的模樣，令音眉毛抽動了一下。

「……要吃宵夜的話，去餐廳或休息區就可以了。不過時間很晚了，不要吃太多喔。還有，睡前別忘了要刷牙。」

「……！嗯，好……我會注意的。」

令音說完，十香肩膀抖了一下，點了點頭。不過是被發現在深夜飲食，未免表現得有些過於緊張了吧……不過，對這種事情感到羞恥或許也算是她學習到的其中一項社會性。令音如此判斷後，再次邁開步伐。

「……令音！」

就在她走了幾步時，背後傳來十香的呼喚聲。

「……嗯？有什麼事嗎，十香？」

「…………」

令音當場回頭詢問後，十香沉默了片刻，目不轉睛地盯著令音的雙眼，開口說：

「妳……喜歡士道嗎？」

「……？」

突然聽到這個問題，令音微微歪過頭。

「……妳是指什麼意——」

「別問了……！拜託妳回答我。」

「…………」

令音沉默了好一會兒。這不像十香會問的問題……又是被二亞或美九灌輸了什麼想法嗎？

雖然不太清楚箇中緣由，但十香的眼神十分認真。

既然如此——答案不言而喻。令音輕啟雙脣：

「……嗯，我喜歡士道。」

「——這樣啊。嗯……」

令音回答後，十香維持真摯的表情頷首。

「……我也是！」

然後精神奕奕地如此說道，就這麼在走廊上邁開腳步。

「…………」

在令音還沒來得及補上一句「當然我也喜歡大家」前，十香便逕自離去……反正她似乎也認同這個答案，就算了吧。令音如此判斷，正想移動停下的腳步。

然而這時，她腦海裡突然掠過一種可能性。十香該不會知道士道邀她去約會？

——若是如此，剛才十香所說的話就像下戰帖一樣吧？

「……不，是我想太多了吧。」

令音目送十香的背影離去，自己也朝目的地前進。

第二章 「第二次」約會

二月十九日，早晨。晴空萬里。

話雖如此，早已度過一次這一天的士道倒是不怎麼擔心今天的天氣。就算歷史有可能因為人的行動而改變，再怎麼樣也不可能改變氣候。

早上的天宮站前已熙來攘往。大概是因為今天是假日，可看見許多似乎正要出遊的家庭，以及平常這時應該正在上學的少年少女。

時刻是上午九點五十分，離約好的時間還有十分鐘。士道瞥了一眼站前廣場的時鐘確認時間，同時緊張得吞嚥口水滋潤喉嚨。

「……別緊張。」

士道發現自己的心境，將手擱在胸口調整呼吸。心臟刻劃著激烈的節奏，即使隔著襯衫、毛衣和厚大衣，依然能感受到指尖微微的震動。

會緊張也是無可奈何。不過，這並非因為戰慄而引起，終究是基於對與今音約會的期待與不安。

令音──澪，的確在未來世界殺死了所有精靈。改寫那絕望的未來就是士道的目的。

不過，必須避免將與令音的約會變成單純的手段。

士道今天得由衷享受這場約會，讓令音玩得盡興。說穿了，就是必須讓她迷戀上自己──就算沒辦法做到這種地步──也非得讓她敞開心房不可。

為此，必須拋開對她的疑慮與恐懼。

『──時間差不多要到了，令音剛才也離開〈佛拉克西納斯〉，應該快到你那裡了──準備好了嗎？』

這時某處傳來琴里的聲音，時機準得像是看穿了士道的心境一樣。

不過，士道的右耳並不見攻略精靈時戴的耳麥。

如果對象是精靈倒也罷了，但由於可能會被以往參加攻略的令音發現，因此將最新式的骨傳導型通訊器貼在脖子根部。

士道心想既然有這麼方便的東西，為何不早點拿出來使用？不過，使用起來的感覺確實有些不同，重點是多虧有這玩意兒才能瞞過令音，可說是皆大歡喜吧。

「……準備好了。」

士道輕聲回答後，吐了一口氣。

說不害怕是騙人的。

不過——由衷享受與令音的約會這件事本身應該不是什麼難事。

如今士道擁有被澪喚醒的崇宮真士的記憶。

而真士對澪一片痴心。

他對澪的愛慕之情，甚至令人不禁心想所謂的為情所困就是如此吧。強烈的愛戀化為洶湧的感情波濤，逐漸吞噬了士道的恐懼。

不——正確來說，不只如此。士道驀然垂下視線，想起與村雨令音的邂逅。

猶記那是距今約十個月前，士道初次面對精靈後的事。士道在〈佛拉克西納斯〉的醫務室醒來時，令音就站在他的身邊。如今想來，當時在夢中聽到的聲音就是她發出來的吧。

初次見面的印象是——這人真是個「怪咖」。大言不慚地說自己三十年來不曾入睡，眼睛下方總是掛著黑眼圈，不知為何口袋還藏了隻小熊玩偶。言行舉止也有些魂不守舍，一臉睏倦，有時還會毫無預兆地昏倒在地。

不過，這人真是漂亮的想法——更勝其上。

並非單純指她的五官和容貌。就算除去剛才的特徵，依然散發出氣質不凡的氛圍，舉手投足間都充滿知性，以及表情偶爾透露出的憂鬱之色。

無法與真士從澪身上感受到的相比；說是戀慕，性質也有些不同——不過，士道確實對令音懷抱著類似憧憬的心情。

所以——說出這種話可能不妥當——士道內心某處肯定十分期待今天的約會。

自覺到這一點後，心跳漸漸緩和了下來。士道吐著長氣，睜開闔上的眼睛。

於是——

「……嗨，讓你久等了。」

「嗚哇啊！」

下一瞬間，眼前出現令音的臉。士道身體一抖，發出驚愕聲。

「令、令音……！妳什麼時候來的……！」

「……嗯。我剛來不久。看你好像在思考什麼事情，不敢打擾你。」

「原、原來是這樣啊……」

士道勉強如此回應後清了清喉嚨，重新打起精神。

令音的裝扮再次映入他的眼簾。

她現在身上穿的既不是平常在艦內穿的軍服，也不是在學校穿的白袍，而是一襲白色的連身洋裝加上大衣的裝扮。

素日隨意綁起的頭髮整齊地向上盤起，嘴脣也塗上一層淡淡的平常不會塗的那種脣膏。

有別於〈拉塔托斯克〉支援者的祕密機構人員與學生眼中的教師裝扮——而是女人為男人精心打扮的服裝。

看見令音這平常難以想像的模樣，士道目不轉睛地緊盯著看了好一陣子。

不——士道被吸引住目光的理由肯定不只如此。

她大衣下穿著的白色連身洋裝。

由於季節不同，衣服的材質較厚，而且有袖子，裙襬也長到遮住膝蓋。腳則是黑褲襪搭配靴子，而不是沒穿襪子就直接穿上穆勒鞋。

要舉出不同點，可是舉都舉不完。但那副裝扮顯然是參考澪和真士約會時穿過的服裝。

「…………」

士道內心感慨萬千。存活在士道腦內的真士的記憶不由得就要發出聲音。

她記得那天約會的事，令他無比歡欣。

她在今天這個日子特地選擇這樣的裝扮，令他感動不已。

於是——

『——道……士道！喂，你有在聽嗎？』

「……！」

當士道強忍著就快奪眶而出的淚水時，後頸傳來琴里的聲音。

『真是的……幹嘛第一次接觸就看傻眼啊？』

「…………」

士道懷抱著歉意輕輕敲了敲通訊器。於是，琴里一副無奈的樣子「呼」地吐了一口氣。

『哎，算了。我們這裡剛才也出現了選項——各位，準備好了嗎？』

於是——

『——喔喔！』

通訊器傳來摻雜了〈佛拉克西納斯〉船員以外的人的聲音回應這番話。

〈拉塔托斯克〉空中艦艇〈佛拉克西納斯Excelsior〉。

如今艦橋上存在比平時更多的人影。

兩段設計的艦橋，位於下段部分的，是熟識的〈佛拉克西納斯〉船員們。當然，他們已聽說令音的事，所有船員得知同事的真面目後都大吃一驚。但既然對象是精靈，該做的事依然不變。所有人鼓起幹勁，參與虜獲令音芳心大作戰。

而艦橋的上層，緊急在上段部分製造的備用席上——則是坐著無數名精靈。

十香、折紙、四糸乃、耶俱矢、夕弦、美九、七罪、六喰，圍繞著琴里所坐的艦長席而坐。

而設置在離大家後方一步之遙的分析官座位上，則是坐著二亞。所有人都正經八百地凝視著顯示在主螢幕上的士道與令音的身影，以及個人螢幕上的選項。

實屬平常難得一見的光景。在艦橋選擇選項、協助士道約會本是船員的職責，至少過去精靈從未參與其中。畢竟讓精靈看見士道攻略其他精靈的畫面，難保會對精靈產生不好的影響。

不過——如今在精靈們強烈的要求下，造就了如此局面。

所有精靈都難以忍受——

將掌握自己命運的約會交給士道一人承擔。

對於士道為自己而戰的奮鬥過程毫不知情。

「…………」

坐在艦長席上的琴里轉動眼球環視艦橋上的精靈們後，瞬間莞爾一笑——隨後又恢復司令官的表情，望向螢幕上顯示的選項。

①不好意思，我看妳看得出神了。

②妳的髮型跟平常不一樣呢。真好看。

③妳那件衣服，該怎麼脫下來呢？

「全體人員——選擇！」

「「是！」」

「「喔喔！」」

在琴里的一聲號令下，響起所有船員和精靈的聲音。

順帶一提，折紙和七罪等人的控制檯和船員的幾乎一模一樣，但怕十香和六喰在操作上有些困難，便將兩人用的改造成只裝設三個按鈕的簡易操作盤。

不到數秒，螢幕上便顯示出投票結果。得票最多的是——選項①。

「①啊……還滿合理的。」

琴里說完，看似選擇了①的精靈們紛紛表示同意。

「是的。一句話都不說的話，感覺令音應該會感到不安。不過聽到這句話，我想她大概會開心吧……」

「……咦，怎麼這麼貼心？女神，妳是女神嗎？基於應該先在這時觀察一下反應這種理由而選擇的我，到底是……」

「嗯，選這個選項，令音應該也會接受！」

聽完四糸乃等人發表的意見，琴里點頭。作為不小心沉默的藉口倒是無可挑剔吧。

「唔……妾身覺得選項②亦不錯，但結果已定，亦無可奈何。」

「正是。神明就藏在細節裡。發現細微變化是很重要的。不過——」

「補充。因人而異，搞不好會把這句話解讀成平常的髮型不怎麼樣。夕弦認為應該以安全的選項來觀察情況比較好。」

六喰和八舞姊妹也如此說道，表示同意。

琴里聽了她們的意見後，瞥了一下左方。

「……所以，妳們三人有什麼看法？」

琴里瞇起雙眼如此說完，坐在左邊座位上的二亞、美九、折紙便回答：

「哎呀，這裡明顯要選③吧！聽見純樸的少年出其不意地說出這種話，馬上考慮到今晚如何共度春宵的大姊姊也會很興奮吧！」

「沒錯～～！令音是成熟的女性～～肯定會接受這種幽默機智的話～～！」

「這裡的影像有錄下來嗎？等一下拷貝一份給我。」

「妳好歹也找個藉口吧，折紙！」

聽完三人（尤其是折紙）的回答後，琴里語帶哀號地大喊，隨後無奈地嘆了一口氣。

「我說啊……這關係到我們的未來，妳們能不能認真一點啊？」

「我知道。所以才認真思考自己聽到會開心至極的選項啊。」

「…………」

完全無法反駁。琴里的臉頰流下一道汗水。

話雖如此，並非每個人都會對這種神展開表示好感。琴里重新打起精神，把麥克風拉近。

「——士道，選①。這時就坦率地表達心意吧。」

琴里的指示透過通訊器傳來。士道微微點了點頭，對令音說：

「呃……真是不好意思。平常沒看過妳這種打扮，該怎麼說呢……我看妳看得出神了。」

「……唔？」

士道說完，令音那睏倦的雙眸微微睜大……看起來好像是這樣。

「……這樣啊。唔，這樣啊。」

然後手抵著下巴，口中輕聲唸唸有詞。表情看不出有什麼變化，但總覺得她似乎非常開心。

「……既然如此，那也沒辦法。你也打扮得很帥喲。」

「謝……謝謝。」

冷不防吃了一記反擊，士道不禁羞紅了雙頰。

其實士道今天的裝扮是昨晚精靈們互相提出意見，為他選的。當然也是因為受到稱讚而感到難為情，不過真要說的話，大家的努力開花結果的喜悅占了更大的比重。

「……好了，所以小士，我們今天要去哪裡？看你帶這麼大的行李……」

令音看著士道帶的行李箱問道。

不過，也難怪令音會這麼問。士道的行李大小，簡直就像接下來要出發去小旅行一樣。至少不像是明天就要迎接全面戰爭的人所準備的東西。

「喔喔，放心吧。我可不是因為害怕戰爭，打算逃跑。」

士道開玩笑地如此回答後，令音便「……哦？」地歪了頭。

「……是這樣嗎？那還真是可惜呢。」

「咦？」

聽見出乎意料的回答，士道瞪大雙眼。

「……如果你選擇了我跟你一起逃跑，那是我的榮幸。如果你說你想逃，我會跟隨你到天涯海角。」

「呃，那個……令音？」

士道驚慌失措地說完，令音過了一會兒突然垂下視線。

「……我是在回應你說的玩笑話。」

「咦？啊——是這樣嗎！」

聽令音這麼一說，士道發出變調的聲音……呃，冷靜一想也知道肯定是在說笑，但眼下的狀態還是令士道不禁慌張了起來。

士道清了清喉嚨，重新打起精神後，接著說：

「今天要去的地方……先保密。我想給妳一個驚喜——妳能相信我，跟我一起走嗎？」

「……嗯，那是當然。那我們走吧。」

士道說完，令音毫不猶豫就點頭答應——隨後像是發現什麼事，眉毛輕輕抽動了一下。

「令音？妳怎麼了？」

「……這算是約會吧？」

「是啊——就是約會。」

「……嗯。那麼——」

令音望向士道，以極其自然的動作伸出手。

「……牽個手比較好吧？」

「——！」

面對突如其來的提議，士道內心為之一震。令音細長白皙的指尖像在邀請士道似的，指向他的腹部。

士道好不容易佯裝冷靜後，莞爾一笑。

「說的也是。畢竟是約會——不過，真是失策呢。」

「……失策？」

「沒錯。本來打算由我對妳說的。」

士道說完，令音瞬間吃驚得瞪大雙眼，和士道一樣輕聲笑道：

「……這樣啊。那我真是對不起你呢。」

「不會。因為看見妳露出難得一見的表情，就當扯平了吧。」

士道打趣地如此說道，溫柔地握住令音伸出的手。

她的手比想像中還要小，彷彿一用力就會折斷般纖細。有些冰涼的觸感，不知是因為二月的寒空，還是她的體溫原本就低，抑或是——因為興奮和緊張導致士道的手發熱，老實說，士道現在無法順利辨別。

不過，士道避免讓情緒表現在臉上，拉著令音的手走在街上。

——這是賭上精靈們與士道未來的戰爭開端。

「…………」

琴里望著艦橋的主螢幕，不停地上下移動她口中含著的加倍佳糖果棒。

畫面中央顯示出士道和令音的身影。兩人目前在站前攔了一輛計程車，正朝目的地前進。

當然，這也是按照計畫的行動。雖說看起來像是偶然攔了一輛計程車，但為防萬一，司機是〈拉塔托斯克〉的機構人員。要找令音面生的機構人員著實費了一番苦心。

目前士道的行動沒有問題。不過——

「……嗯？琴里，有何煩憂之事嗎？」

大概是對琴里的模樣感到疑惑，只見坐在她右方的六喰歪過頭。琴里朝她瞥了一眼，停止晃動糖果棒。

「沒有啦，就是令音的好感度數值……」

琴里說著再次將視線移回螢幕。

映出士道與令音影像的畫面兩旁顯示著偵測裝置讀取出的各項數值——不過其中一項，顯示令音對士道的好感度數值，卻描繪出難得一見的形狀。

「多麼奇妙的波浪形啊。她對士道懷抱的好感高得簡直可以立刻封印，卻未顯現出可以封印的反應。感情值也極為穩定……但反過來說，就是沒有顯示出特別突出的反應——真是令人煩躁啊。就像喉嚨發癢時的感覺，實在費解得很。」

這當然是他們第一次分析令音，沒想到數值竟然呈現出這種高低起伏的波浪狀，實在不知道該從哪裡進攻才好。

該說是以俯瞰的角度觀看事物嗎？儘管抱持著愛意，卻保持一步距離。令音的感情值就好似從舞臺側邊觀看大家站在舞臺上一樣。

該怎麼說呢？那是——

「——感覺就像母親一樣？」

「……！」

這時二亞冒出這句話。琴里聞言，眉尾微微抽動了一下。

「……原來如此，形容得真貼切。」

她苦著一張臉說道。數值描繪出的波浪形確實令人聯想到疼愛孩子的母親所表現出的情感。

琴里想起昨晚士道說的話。澪──創造出所有精靈的起源，吸收崇宮真士的遺骸，重新誕生為士道的精靈。她的存在，或許正適合稱為母親。

不過──她既是包容一切，擁之入懷的慈母；卻也是吞噬孩子，使其滅亡的大母神（Great Mother）。

「……話是這麼說──」

琴里再次摩娑著下巴思索。

令音與士道以及精靈們的關係，稱為母子確實也不足為奇。

不過，澪與真士過去卻是兩情相悅的戀愛關係。若是平常也就罷了，像這樣一對一相處，好歹也該表現出愛戀的反應吧──

「是為了達成目的，刻意強壓住自己的情感嗎……還是始終把真士和士道當作兩個人──無論如何，都一樣棘手。」

琴里看著計程車穿過一般道路，開上高速公路，舔了一下嘴脣。

◇

從天宮站出發後不知經過了多久，士道與令音搭乘的計程車在高速公路上奔馳，越過山路，抵達目的地。

「停在這裡可以嗎？」

司機透過車內的後照鏡瞥了士道一眼，向他確認。士道點點頭，從口袋拿出錢包。

「可以，謝謝。」

然後確認車資錶，拿出需要的紙鈔。這時，令音發出低喃般的聲音說：

「……我來出吧？車資滿貴的。」

「不用，我來出就好。」

「……可是──」

「沒關係啦──讓我耍一下帥吧。」

「……嗯，這樣啊。那就讓你付吧。」

士道笑著說道，令音也不爭著付錢了。想必是考慮到要是太過囉嗦會讓士道沒面子吧。

士道迅速付完車資後先下車，再伸出手護送令音下車。

「小心腳步。」

「……好，謝謝。」

令音牽了士道的手下車後，從樹木間瞬間灑落的陽光令她瞇起雙眼——

不久後看見聳立在眼前的景象，微微睜大了雙眼。

「……這裡是……」

眼前是一座巨大的建築物。壯麗的大門外觀令人感到頗有年歲，瓦造的屋頂能窺見工匠的好手藝。入口寬闊，一群穿和服的女性與披著短褂的男性列隊迎接士道和令音。

「……旅館嗎？」

「對。」

士道用力點頭回答令音的提問。

沒錯。這裡就是大家花了一個晚上絞盡腦汁思考出來的與令音約會的場所。

——所有人一致導出的結論是，令音最需要的應該就是「療癒」。

在〈佛拉克西納斯〉裡最辛勤工作的，恐怕是她吧，何況她還身兼來禪高中的教師。扣除掉這些理由，她三十年來也只為了一個目的邁進。就算是精靈，身心俱疲也沒什麼好奇怪的。實際上，令音的雙眼下方浮現深深的黑眼圈，經常散發出睏倦的氣息。

遠離城市的喧囂，用溫泉和其他各式各樣的休閒設施消除令音累積的疲勞和倦怠。如果能辦到，她頑強的心應該也會變得比較豁達——這是士道等人主要的目的。

「…………」

當然，士道也不認為單憑這樣就能冰釋她牢固的決心與覺悟。

這裡終究只是舞臺裝置。

關鍵在於——士道要在這裡做出何種舉動。

正當士道思考著這種事情的時候，令音望著旅館的外觀，冷不防冒出一句話：

「……對了，今天的事你沒告訴那些精靈吧？」

「對。這是我們兩人之間的祕密。」

士道立刻如此回答。其實精靈們不僅知道，還在上空監看兩人的約會情況呢。

「……嗯。」令音如此低喃後，吐出這句話：

「……這樣啊。感覺好像偷情旅行喔。」

「噗……！」

令音這句話實在是出乎士道的意料，令他不禁咳了好幾下。

「……哎呀，真是抱歉。不小心就說出口了。」

「不、不會……」

士道臉頰抽搐般苦笑道……雖說好好放鬆才是這次的目的，但聽她這麼一說，倒也不是不能理解她對這場所的感想。

……與令音偷情旅行，聽起來好邪惡啊。士道莫名心頭小鹿亂撞。

但總不能一直這樣下去。士道清了清喉嚨重新打起精神，接著說：

「總、總之，我已經安排好行程了，讓我們能在明天開戰之前趕回去。」

士道如此說完，稍微加強握住令音的手的力道。

「所以現在——盡情享受吧。」

「…………」

令音回望士道的眼睛回答：

「……說的也是。那我就恭敬不如從命了。」

然後緊緊回握士道的手。

「——！」

令音的力道不如士道強，然而這觸感卻清清楚楚地傳達了對士道的信賴與親密。

雖不知這是士道從令音身上感受到的，還是真士從澪身上感受到的情感，但士道不禁覺得她很可愛，想要緊緊擁抱她。

不過總不能在這裡做出那種舉動吧。士道好不容易忍住這股衝動，拉著令音的手走進旅館。

「——歡迎光臨。」

老闆娘和旅館職員們畢恭畢敬地向他們行禮。士道點頭致意後，在櫃檯辦完手續，在女侍的帶領下來到房間。

「大浴場在一樓，其他各項設施請看這裡的簡介。那麼，請慢慢休息。」

女侍行過一禮後便離開房間。士道目送女侍離開，再次環視房間內。

這是一間大小約二十張榻榻米的和室，房間中央擺放著做工結實的矮桌與靠椅，房內裝飾著方形紙罩座燈和插著花的花瓶。

以拉門隔開的房間深處有一條寬廊——也就是所謂的旅館神祕地帶——寬廊前方竟然附有這個房間專用的小型露天浴池。

高中生訂這種房間稍嫌豪華了。士道也是第一次實際看到這個房間，不由得發出讚嘆。

「……嗯，好棒的房間啊。」

「哈哈……就是說啊。」

士道笑著回答後，拿起房裡放置的旅館簡介。

大浴場、岩盤浴、ＳＰＡ、按摩……光是快速翻閱過去也知道館內有各式各樣的設施。要從哪一項設施開始用呢——正當士道思考著這種事時，通訊器正巧傳來琴里的聲音。

『——士道，選項出來了。』

士道與令音兩人所在的旅館正上方有〈佛拉克西納斯〉飄浮著。艦上的主螢幕再次顯示出三

個選項。

①去大浴場悠閒地舒暢舒暢。

②去專用的露天浴池放鬆一下。

③去按摩，恢復精神。

「全體人員——開始選擇！」

艦橋下段的船員們回應琴里的聲音，同時操作控制檯。

坐在艦橋上段的精靈們雖然一時之間表現出不知該如何選擇的模樣，但立刻重振精神，選擇完畢。

選擇出來的選項是——②。

「唔……②啊。」

琴里豎起口中的加倍佳糖果棒說道，精靈們便點點頭表示同意。

「……嗯。士道和令音兩人一起泡澡……雖然會讓人心裡頭不是滋味，但換作是我，這個選項會讓我感到最開心。」

「是的……我覺得能聊天聊久一點比較好……」

十香和四糸乃表情五味雜陳地如此說道，折紙一貫面無表情，拳頭卻不住顫抖地出聲說：

「不受干擾，在狹小的浴缸中兩人獨處，可說是理想的條件。不要緊。我很冷靜、我很冷

靜、我很冷靜。」

「咦！為什麼說三遍……」

七罪戰慄地肩膀顫抖。於是，折紙以機械般平坦的語氣接著說：

「沒問題。與士道兩人單獨洗澡，我也有經驗。我不會因為這種小事就失去冷靜。」

「什麼……那是妳埋伏他的吧！我們也馬上進去了好嗎！妳這麼說的話，我也是啊……！」

「呵——入浴之事，可不能漏掉吾等八舞。」

「首肯。夕弦和耶俱矢包夾士道，是很棒的回憶。」

「什……什麼……！」

艦橋瞬間變成泡澡炫耀大會。不過，其中——

「沒錯沒錯～～！難得來到溫泉旅館，當然要裸裎相見！這樣自然是狹窄一點比較好～～！大概這麼窄的浴桶！把達令和令音塞進去！就成了世界第一的幕之內便當！人家要一口不剩地吃個精光～～～～！」

也有獨自說得正嗨的精靈。

「啊～～妳們冷靜一點啦！」

老實說，說到與士道泡澡這件事，次數最多的當然是妹妹琴里，但若是提出來，話題又會跑偏了，因此琴里刻意不說。

姑且不論話題走向，關於選項一事，琴里的意見也和眾人一致。突然混浴，令音可能會排斥，但慎重起見，行李中應該有準備泳衣才對。

「──士道，選②。使用那個露天浴池吧。」

『……了解。』

聽見琴里的指示，士道以骨傳導式通訊器才能聽見的細小聲音回答。

從〈佛拉克西納斯〉下達指示。選項內容攻勢確實挺猛的──但要是在這時畏縮不前，事情不會有任何進展。如果士道在艦橋，勢必也會選擇同一選項吧。

士道深呼吸好平息刻劃著劇烈節奏的心臟，然後望向令音。

「──令音，難得來到這裡，吃午餐前，要不要去泡泡那裡的露天浴池？」

「……嗯？喔喔，說的也是。可是，我沒帶換穿衣物來。」

「沒關係。」

士道豎起大拇指，打開他帶來的行李箱。

於是，裡頭露出兩個小型波士頓包。

「……這是？」

「一個是我的，另一個是我幫妳準備的行李。有各種化妝品、換穿衣物、內衣褲，還有混浴用的泳衣。尺寸應該也合適才對——」

說到這裡，士道止住話語。

得意洋洋地公布行李倒是無所謂，但他發現自己剛才的言行舉止挺變態的。

「……呃，妳不要誤會喔。這是我跟瑪莉亞商量後，她幫我準備的，絕對不是我親自挑選，調查尺寸……」

「……嗯，我沒那麼想。」

令音如此說道，突然嘆了一口氣。

「……話說回來，你拜託瑪莉亞這種事嗎？沒有被唸嗎？」

「……嗯，有。被唸得狗血淋頭。」

士道臉頰流下汗水苦笑道……實際上，這件事是千真萬確，一點也不假。

「……好了，那我們就來泡吧。毛巾應該用旅館準備的就行了。好久沒有泡溫泉了，好期待喔。」

說完，令音慢慢地開始脫衣服。

看見她毫不猶豫的行動，士道不禁「哇！」地瞪大雙眼。

「令、令音，等一下。我先迴避一下……！」

「……嗯？我無所謂啊……」

令音愣住了，但士道實在不敢看她換衣服。他一把抓起裝著自己行李的波士頓包，走向寬廊的方向，用力關上拉門。

『自己說要一起泡溫泉的，害羞個什麼勁啊。』

「不、不，說是一起泡，也是穿泳衣泳褲的狀態下吧……我怎麼能待在那裡看她脫衣服。」

士道擦拭汗水回應琴里後，從包包裡拿出泳褲，迅速更換完畢……自動感應攝影機應該正在拍攝，所以他姑且在腰上圍著一條毛巾來換衣服。

然後，拉門外立刻傳來令音的聲音。

「……小士，我可以開門嗎？」

「啊，好的。開吧。」

要泡露天溫泉必須經過士道所在的寬廊。士道將疊好的衣服放在椅子上，如此回答。

於是，拉門滑順地打開——

「——什麼……！」

下一瞬間，士道一雙眼睛瞪得圓滾滾的，屏住呼吸。

不過，這也難怪。因為站在拉門外的令音一絲不掛，只拿著一條小毛巾。

令音直至剛才隱藏在連身洋裝與大衣下的白皙肌膚毫不吝嗇地暴露在外面的空氣下。肌理細嫩得透過視線彷彿都能感受到它的觸感，身體曲線圓滑卻凹凸有致。

真美。美麗至極的裸體。甚至在感覺興奮和煽情之前湧起敬畏和神聖的感受。

……當然，終究只是先湧起這樣的情緒，並非不感到興奮和煽情。實際上，從束縛解脫的胸器捕捉住全身僵硬的士道的視線不放。

「……！」

士道忘了出聲及闔眼，看令音豔麗的風姿看得入迷了好一陣子。

「什麼……」

「這、這是！」

——艦橋上一片騷動。

理由很單純。因為拉門開啟的瞬間，螢幕彷復斷電一樣突然一片漆黑。

不過，似乎並非〈佛拉克西納斯〉故障或是基於什麼問題導致電波中斷。最好的證明就是其他機器依然正常運轉，擴音器也仍舊持續發出聲音。

『令、令音……？』

『……什麼事，小士？』

『那個……行李裡面沒有泳衣嗎……？』

『……嗯？不知道耶。反正只有我們兩個人，無所謂吧？』

『不、不，那個……』

「……！」

聽見艦橋響起士道與令音的對話，在場的男性船員們騷動不已。

「司、司令！」

「看不見村雨分析官的裸……不是，重要的攻略畫面！」

「立刻修復！」

川越、幹本、中津川異口同聲地高聲說道。對巨乳沒什麼興趣的神無月在男性集團中獨自處之泰然，倒是美九像代替他似的，語帶哀號地大喊：「呀～～！為什麼啊！好端端的怎麼壞掉了～～！」試圖窺探個人螢幕的背面。當然，做這種事一點意義也沒有就是了。

「——瑪莉亞？」

琴里無視那些聲音，如此說道，擴音器便響起瑪莉亞的聲音回應她：

『我在。我們的目的是讓精靈迷戀上士道。所以我認為最好消滅封印靈力後令音知道真相會感到不悅的可能性才是上策。』

「多謝妳設想得那麼周全。」

這個ＡＩ還是一樣那麼機靈。琴里輕輕聳了聳肩如此回答——順帶一提，琴里的個人螢幕依舊持續顯示畫面。令音毫不遲疑坦露的裸體，美得連身為同性的琴里都不禁倒抽一口氣……原來如此，這實在不宜觀賞呢。

「不過！」

「這樣不是只能靠聲音知道兩人的狀況了嗎！」

「有可能造成判斷失誤！」

男船員們不死心地繼續抗爭。於是，瑪莉亞像是早已預料到會有這種反應，回答：

『請放心。』

下一瞬間，主螢幕以及琴里以外的個人螢幕再次發出亮光。

男船員還有美九瞬間容光煥發……但隨後臉都僵住了。

理由很單純。因為螢幕顯示出的並非本來的影像，而是描繪兩人動作的人型ＣＧ影像。順便說一下，當然是穿著衣服。

『這樣應該就能掌握兩人的行動了。請繼續展開攻勢。』

「「…………………好的。」」

感覺男船員們情緒超級低落，垂頭喪氣地點頭回答。

琴里無奈地看著這幅光景，隨後拉近麥克風，向仍在令音面前驚慌失措的士道提出建言。

「呃，那個……」

在士道滿臉通紅，語無倫次時，通訊器傳來琴里的聲音。

『──不可以退縮，士道。你這樣能讓令音迷戀上你嗎？』

「……！」

聽見這句話，士道肩膀赫然抖了一下。

琴里說的沒錯。士道的雙肩背負著所有精靈的未來，怎麼可以在這時害羞臉紅。

「──說的也是。反正只有我們兩個人。」

士道做好心理準備後，將手上的毛巾一甩，讓毛巾垂掛在身體前方，一口氣脫下泳褲。

感覺通訊器傳來「喀噠」一聲，還有「琴里，只用CG還是不夠吧？我要求顯示影像」這樣的聲音，但士道決定先不予理會。

「那麼，我們進去泡吧。」

「……好。」

士道和令音彼此點點頭後，直接走到房外。原本被玻璃窗遮擋住的冬天寒氣包圍全身。

用舀水盆簡單往身上沖了幾次熱水後，泡到浴池中，溫暖的熱水逐漸滲透冰冷的身體。

「啊～～……」

「……嗯，好舒服啊。而且景色也很漂亮。」

「是啊。還有殘雪……！」

士道對令音的話表示同意，正想眺望四周的景色時──突然咳個不停。

理由很單純。因為他在觀賞景色之前，先目睹了令音的雙峰浮在浴池中的模樣。

大概是基於士道的視線和反應察覺到這一點，只見令音緩緩望向下方，又抬起視線。

「……噢，不好意思。不管怎樣都會浮起來。」

「不會……多謝款待。」

士道不知道自己在說什麼，也不知道自己在做什麼，但總感覺自己看到了十分養眼的畫面，總之先雙手合十拜了一下。不過立刻聽見琴里「咳咳！」清喉嚨的聲音，便端正姿勢。

總之，兩人在露天浴池中獨處。聽見的只有溫泉持續注入浴池的聲音，和風吹樹葉的沙沙聲，說寂靜也不為過。隔在兩人之間的，只有透明的溫泉。要縮短兩人之間的距離，沒有什麼地點比這裡更適合。不過，如果兩人的關係沒有親密到某種程度，也不會一起泡溫泉了吧。

士道按捺著劇烈的心跳，努力裝作一副若無其事的樣子開始說話。

「──對了，妳是從什麼時候開始在〈拉塔托斯克〉的呢？」

「……喔喔，這個嘛，大概是距今五六年前吧。跟琴里就任司令官差不多時期。」

「這樣啊……總覺得，很感謝妳。」

「……感謝我什麼？」

士道說完，令音一臉納悶地歪過頭。

「沒有啦，畢竟妳一直支持著琴里。我想那時——琴里應該不好過吧。」

這是士道真真切切的真心話。琴里被〈拉塔托斯克〉發現是在她變成精靈後不久。在這種時候找到人依靠，應該讓她心裡非常踏實。

……不過，把琴里變成精靈的不是別人，正是澪本人，因此事情沒那麼單純就是了。

「……我沒做什麼大不了的事。就算沒有我，她肯定也會是一個傑出的司令官。」

「關於琴里優秀這一點，我不否認就是了。」

士道戲謔地笑著說道，通訊器另一端便傳來微微嗆到的聲音。

「那妳之前是做什麼的？」

「……之前嗎？你想問的問題還真奇妙呢。」

士道問完，令音發出「嘩啦」的輕微水聲，同時以朦朧的眼神望向他。

士道沒有逃避她的視線，回答：

「——是啊。我想更了解妳。仔細想想，我對妳完全不了解。」

「…………」

聽了士道說的話，令音沉默了數秒，吐出一口氣。

「……我的事，一點都不有趣喔。」

「沒關係，我想聽。」

士道使勁點了點頭回答後，令音便垂下視線，接著說：

「……我之前是個普通的學生，沒什麼特別的事情可說——不過某一天我被〈拉塔托斯克〉挖角，好像是〈拉塔托斯克〉的上級長官看到我寫的關於空間震的論文。」

「呃，光是這樣感覺就已經不普通了吧……話說，學生是指大學生嗎？應該不是在說高中時的事吧？而且，令音妳現在……」

「……問女性歲數就太不識趣嘍。」

令音用食指觸碰嘴脣說道。被這麼一說就無法再追究下去了。士道苦笑著聳了聳肩。

不過，士道也明白既然她是精靈，問她實際年齡是多少也沒什麼意義。

而士道也大概可以感覺到令音剛才說的往事並非全是一派胡言。

令音是個冰雪聰明的精靈，為了進入〈拉塔托斯克〉，肯定會準備假履歷。事先安排戶籍，實際去過學生生活，讓人詳細調查也查不出什麼問題。

全都是為了以一個無關人士的身分與士道重逢。

並且在他身邊等待真士覺醒。

——捏造出「村雨令音」的全新人生。

「…………」

她那過於悲痛的覺悟令士道心痛不已。士道體內的真士的記憶發出吶喊。

一想到澪在自己死後的悲愴模樣與她一路走來的歷程，便不由得淚眼婆娑。士道往自己臉上潑了潑溫泉水好掩飾淚水。

「……小士？」

「……我想多聽一點妳的——往事。可以告訴我嗎？」

「……那倒是無所謂。」

士道臉上浮現生硬的笑容問道，令音儘管一臉納悶，還是滔滔不絕地開口述說。

說她年幼時父母便過世；與為數不多的好友交往；學生時期參加的社團是科學社；因為經常睡眠不足，臉色蒼白，以前的外號是吸血鬼——

雖然多少含有戲謔與誇張的成分，但這段人類的過去肯定不屬於「崇宮澪」。

「……反正，大概就是這樣嘍——很無聊吧？」

「不……沒這回事。才沒有……這回事。」

士道搖了搖頭。

沒錯，一點都不無聊。他反而還想聽更多她過往的人生經歷。

尤其是——某一件事。令音漏說了一個重點。

「我可以……再問妳一件事嗎？」

「……嗯，什麼事？」

令音催促他繼續說下去。士道凝視著令音的雙眼，接著說：

「妳——有過喜歡的人嗎？」

「…………」

面對士道的提問，令音沉默了一會兒。

表情少有變化，但態度顯然與先前有些不同。

不過，她這種猶豫不決的態度，換算成時間也不過數秒。她立刻恢復先前的狀態，繼續說：

「……很不巧，我與戀愛完全無緣。不過——」

令音頓了一拍後，突然抬起頭。

「……這個嘛，倒是唯獨喜歡過一個人。」

「————！」

令音說完，士道輕聲屏息。

「唯獨喜歡過一個人」。這句話顯然是在指真士——而不是以「令音」的身分愛過的某人。

自己死後依然繼續束縛著澪的悔恨，還有澪一直思慕著自己的這種複雜的喜悅，在士道的腦

海中翻騰。

士道好不容易抑制住真士的記憶，發出顫抖的聲音說：

「那個人，究竟是——」

「…………」

就在這時——

令音豎起一根手指抵在士道的嘴唇上，打斷了他的話。

「咦……？」

「……從剛才開始就只有我一個人在說，未免太不公平了吧。你也說說你的事給我聽，可以嗎？」

「咦……喔，這樣啊。」

氣勢被削弱的士道雙眼圓睜，發出錯愕聲。

感覺就這麼被她順利地轉移話題……不過，令音說的也不無道理，的確從剛才就都是士道在提問。如此一想，士道便點頭回答：

「可是……我的事，〈拉塔托斯克〉大都調查過了吧？」

士道乾笑，聳了聳肩。沒錯，〈拉塔托斯克〉早已在士道不知情的情況下，將他的情報調查得一清二楚。士道的字典裡早就沒有隱私這兩個字。就算有，它的詞彙解釋肯定寫著「意指免費素材」。想必連士道自己都不知道的事也存在於〈佛拉克西納斯〉的資料庫中吧。
不過，令音緩緩搖了搖頭。
「……那終究只是文字的排列、表面上的事實罷了。」
士道心想既然是事實不就夠了嗎……看來對令音而言並非如此。她輕聲細語地繼續說：
「……我也從以前開始，就想問問你的往事了。」
「我的往事……嗎？」
「……沒錯。你──還記得被五河家收養前的事嗎？」
「…………！」
聽令音這麼一問，士道眉毛微微抽動了一下。
霎時間，士道還以為她發現自己保有真士的記憶。
不過看她的模樣，士道立刻便了解她並非在試探自己。令音的雙眸透露出純粹的興趣與好奇，以及些許的不安感，凝視著士道。
「…………」
所以士道暫且無視真士的記憶，以士道記得的範圍回答她的問題。
「……老實說，我記不太清楚了。我只記得被一雙溫柔的手擁抱的感覺，以及……那雙手遠離我，不知道去何處的失落感……我想那一定……是我的母親吧。」

「…………」

士道老實地回答後，令音沉默了片刻，接著說：

「……你怨恨拋棄自己的母親嗎？」

「咦……？」

這突如其來的提問令士道瞪大了雙眼。

不過，令音會提出這樣的疑問或許也是理所當然吧。

五河士道這名人類是以崇宮真士為源頭，賦予精靈之力，重新產生出來的存在。也就是說，這裡提到的母親無非是指令音。當然──令音本身並無從得知士道早已發現這個事實。

士道一面回想自己長達十七年的──五河士道的人生，開口說：

「我……不恨她。」

「……哦，是嗎？」

聽見士道的回答，令音如此回應。她發出興味盎然的語調，似乎還聽得出她的聲音中帶了點放心的情緒。

「……沒錯。剛被這個家領養時，我確實老是哭個不停。不過我認為這就代表……我就是如此喜歡母親吧。而且……我記得，擁抱我的那雙手是多麼溫柔。」

「…………」

「——我想她一定有什麼苦衷，不可能是因為想拋棄我才拋棄的。我沒辦法……怨恨她。」

「…………這樣啊。」

令音垂下視線，像在仔細品味士道說的話。

「……不過——」士道搔了搔臉頰，追加這一句。

「可以的話，希望她能再抱我一次……我倒也不是沒這麼想過。都長這麼大了還說這種話，可能有點奇怪就是了。」

「……嗯。」

令音微微點頭說道，將手抵在下巴思索了半晌後，對士道招了招手。

「……小士，過來一下。」

「…………咦？」

這突如其來的邀請令士道感到困惑。於是，令音一把拉過士道的手，將他拉到自己身邊。然後直接摟住他，將他緊抱在懷裡。

「……好乖、好乖。」

兩道柔軟的觸感壓上士道的背。士道滿臉通紅地從喉嚨擠出聲音：

「喂……令音！」

「……沒什麼好奇怪的。讓我抱一下又有什麼關係呢——雖然我可能沒辦法代替你的母親就

是了。」

「令音……」

士道呼喚令音的名字後，放鬆原本僵硬的身體。

溫暖的溫泉與溫柔的擁抱包裹住身體。那觸感彷彿——與士道遙遠記憶中的一模一樣。

「…………」

在昏昏欲睡的感覺中，士道輕咬嘴唇。

果然——是這樣沒錯。

澪在未來世界說過的話於腦海裡復甦。

與令音度過的十個月以來的記憶掠過腦中。

——澪既非殘酷的虐殺者，也不是瘋狂的殺戮者。

她擁有體貼士道、疼愛精靈、哀悼過去自我犧牲的那些人們的心。她的言行舉止和聲音，全都充滿了溫柔與慈愛。

只是——為了達成與真士重逢這個目的，決定犧牲一切也在所不惜。

啊啊，多麼——悲傷啊。

一想到她那悲愴的覺悟與她一路走來的荊棘之路，士道就有種撕心裂肺般的錯覺。

「——」

不過——不，正因如此。

若有可能阻止她——只能「放手一搏」。

士道握著令音緊抱住自己的手，發出聲音：

「——令音。」

「……嗯，什麼事，小士？」

令音在他耳邊呢喃般問道。

士道下定決心，接著說：

「等一下……我想讓妳看樣東西。妳願意陪我去嗎？」

「……？」

令音儘管一臉疑惑——還是點頭答應：「當然。」

◇

論歐洲企業的市值排名，雖然每年都有微妙的變動，但DEM肯定排行十名以內。

DEM——Deus Ex Machina Industry。

從製造武器、航空器、車輛、船舶、宇宙開發、半導體、電子機器、紡織業到旅行代理店，

相關企業與發展事業廣泛，據說半數以上居住歐洲各國的人民都或多或少有受惠。

不過，就連這些數字也不過是冰山一角，根本還沒算上ＤＥＭ檯面下的業績——開發、製造顯現裝置與附帶的CR-Unit。

可以買下整個小國的財富，與具備其執行力的民間企業。正如其名，是施展強大淫威的深灰巨人。那便是魔法師（Magus）艾薩克．威斯考特建造起來的城堡。

——擁有如此巨大組織的施設一角。ＤＥＭ第二執行部部長艾蓮．梅瑟斯在名目上為航空器機庫的地方，身穿ＤＥＭ製的套裝，手持ＤＥＭ製的水瓶，仰望著ＤＥＭ製的空中艦艇。

ＤＳＳ－０６３〈雷蒙蓋頓（Lemegeton）〉。ＤＥＭ新造的戰艦，在即將與〈拉塔托斯克〉的決戰中擔任旗艦。

有些庸俗的輪廓，離艾蓮喜愛的類型有些差距——但如今這一點並不怎麼重要。因為這艘戰艦需要的不是流麗的美感，而是能徹底保護位於艦內的威斯考特的堅實，與將〈拉塔托斯克〉的戰艦化為塵埃的暴力。

啊啊——可是，不行。艾蓮突然瞇起雙眼，緊握拳頭。

〈拉塔托斯克〉也知道ＤＥＭ將傾盡全力襲擊他們。

既然如此，「那個男人」無庸置疑也會出現。

「…………」

〈拉塔托斯克〉意思決定機構，圓桌會議議長艾略特·伍德曼。她一定要親手解決那個男人才甘心。

沒錯，那個曾是同胞卻背叛艾蓮他們的男人——

「……！」

剎那間，艾蓮感覺視野漸漸模糊，她用套裝的袖子擦拭眼角。

是明白終於能報仇雪恨而感動萬分，還是精神太過集中而忘記眨眼？連自己也不清楚是基於什麼理由，但要是被部下瞧見這種場面，會受到不必要的誤解。艾蓮輕輕甩了甩頭，拿起手中的水瓶就口，一口氣喝光裡頭的運動飲料。

「——艾蓮。」

就在這個時候——

有人突然呼喚她的名字。艾蓮將水瓶從口中放下，回過頭。

一瞬間還以為是空中艦艇的維修人員或巫師（Wizard）——然而，並非如此。DEM社內只有兩人會以艾蓮的名字來稱呼她。一人是她的同事阿爾緹米希亞·阿休克羅夫特；而另一人則是——

「艾克。」

看清聲音主人的面容後，艾蓮呼喚他的名字。

站在那裡的是一名男子，鐵鏽色的雙眸，宛如廢棄金屬般暗淡的灰金色頭髮。他隱約給人經

年、老耄、繁榮之後的終焉——這樣的印象。

艾薩克．威斯考特。他是繼承奧祕的魔法師一族，也是白手打造DEM Industry的傑出人物。

「你怎麼會來這種地方？」

艾蓮嘴上是這麼問，但早已隱約猜出威斯考特造訪機庫的理由。

與〈拉塔托斯克〉的決戰就在明天，大概是受不了一直在社長室擺架子，特地來看自己搭乘的戰艦吧。他從以前就好奇心旺盛，如今雖是世界鼎鼎有名的實業家，但這一點似乎完全沒變。

然而——威斯考特接下來的發言卻出乎艾蓮的意料。

「——艾蓮，立刻去準備。」

威斯考特有些興奮地如此說道。艾蓮則是一臉困惑地皺起眉頭。

「準備嗎？」

「沒錯，狀況有變。不對——雖然這麼說非常莫名，但狀況似乎『接下來會有所改變』。」

威斯考特語氣像個嬉鬧的孩子，接著說：

「呵，哈哈，哈哈哈哈哈。到底誰能想到事情竟然會這樣發展？我真是幸運啊。我萬萬沒想到我第一個得到手的魔王是〈神蝕篇帙(Beelzebub)〉這件事，竟會造成如此命運般的局面。」

「艾克……？你在說什麼啊？還有，你要我準備，是要準備什麼？」

艾蓮問道，威斯考特便浮現一抹冷笑回答：

「魔力爐。另外也準備一些聚合咒符。」

「……！」

威斯考特說完，艾蓮不禁屏住呼吸。

不過，這也難怪。畢竟威斯考特所說的東西全是進行某種儀式所使用的物品。

「艾克，這是怎麼回事？到底發生了什麼事？」

艾蓮語帶困惑地說了，威斯考特便保持笑容繼續說：

「不是『發生了』，而是接下來『才要發生』。

——好了，艾蓮，我們也來改變一下未來吧。」

◇

「哎呀～～……我還是第一次體驗那麼道地的按摩呢，真是舒服啊。」

「……就是說啊，感覺肩膀輕鬆了許多。而且旅館附近賣的酒饅頭也好好吃啊，剛蒸好的口感竟然會差這麼多。」

「就是說啊！要是買給十香她們，肯定會很開心吧。」

「……呵，今天的事情不是要對精靈們保密嗎？」

「啊……對喔。」

士道聽了令音說的話，「啊哈哈」地苦笑——這時，他像是察覺到什麼似的「啊」了一聲，接著說：

「令音，小心臺階。」

「……嗯，謝謝。」

令音聽從士道說的話，豪爽地抬起腳，安穩地踏上地面後，再次邁開步伐。

平常令音不會如此走路，腳步也顯得有些過於慎重。不過，這也是理所當然的事。

因為令音正緊閉雙眼，牽著士道的手，走在外面的路上。

沒錯。在泡完房間備有的露天溫泉後，兩人享受了館內各式各樣的休閒設施，接著士道便帶令音前往他所謂「想讓她看樣東西」的地方。

「……話說回來，你想讓我看的究竟是什麼東西？感覺離旅館很遠呢。」

「事先告訴妳就沒有驚喜了。不過……我想妳一定會滿意的。」

「……是嗎？那我就滿心期待了。」

令音輕輕點點頭如此回答後，被士道牽著手前進。

這種感覺讓令音有種奇妙的感慨。

我想讓妳看樣東西，妳先閉起眼睛——這個要求，和三十年前澪和真士初次約會時，真士對澪提出的一模一樣。

是真士的記憶影響了士道的人格嗎？還是因為士道也是真士，才擁有類似的想法呢？當士道提出這個要求時，令音雖沒有表現在臉上，卻大吃一驚。

仔細想想——今天是充滿驚奇的一天。

令音一面回顧深夜受到士道的約會邀請而展開的今天所發生的事，忽然冒出這種想法。

突然收到約會邀請自然不用說，約會的地點是旅館這件事也出乎她的意料，士道想了解令音的往事也令她感到吃驚。

是士道的心境產生了什麼變化嗎？還是因為與ＤＥＭ全面開戰在即，想解除平時懷抱的欲望與疑問？

倘若是前者，可能是沉睡在士道體內的真士的記憶造成的間接影響。

士道體內已經蘊含了許多靈魂結晶，只剩被艾薩克．威斯考特奪走的二亞的靈魂結晶，以及時崎狂三擁有的靈魂結晶。實際上，以前士道靈力失控時，真士的記憶曾短暫顯現於外。

假如真是如此，理由很單純。就如同澪無法忘懷真士一樣，真士也自然會被澪吸引。這個結果可說是理所當然。

不過，倘若並非如此。

也就是後者——如果士道從以前就對村雨令音抱持著某種興趣，那麼身為令音的澪心情可就

五味雜陳了。

——五河士道是崇宮真士復活前的暫時人格。

——村雨令音是崇宮澪偽裝的姿態。

就好比冒牌貨與冒牌貨的幽會。

即使這一瞬間再怎麼開心，未來也顯然不會走到幸福結局。

因為一旦他獲得全部的力量後，士道的人格將完全被抹殺。

而下手的人——就是令音。

「令音。」

「——！」

當令音沉默片刻陷入思考時，前方傳來士道的聲音打斷她的思緒。

一時之間，令音還以為士道發現了自己的想法——然而，並非如此。士道立刻接著說出下一句話。

「到了，可以睜開眼睛了。」

「……嗯——」

看來似乎到目的地了。令音慢慢開張雙眼。

於是——

「————」

她瞬間說不出話來。

被擴展在眼前的壯闊光景奪去了目光。

首先映入眼簾的是平坦的水平線，以及在太陽的照射下波光粼粼的水面。

白色的沙灘上潮來潮往，演奏出平穩的海潮聲。黑尾鷗的叫聲；海的味道。耳朵和鼻子並沒有被塞住，照理說應該能從這些資訊推測出地點，但由於令音在走路途中一直在思考，因此沒有察覺。構成這幅景色的所有資訊一口氣注入令音的感官。

——海。

沒錯。令音與士道如今正站在能將海岸線一覽無遺的場所。

從旅館周圍的景色來判斷，令音自以為是在山中，不過看來旅館的後方緊鄰著海岸。

然而——讓令音感到吃驚的不只如此。

「……！」

體認到這個事實的瞬間，她微微起了雞皮疙瘩。

沒錯。絕不可能弄錯。

兩人的所在地並非普通的大海——

而是三十年前「真士帶澪來的海岸」。

怦通、怦通。心臟刻劃著快速的節奏，有種身體微微振動的錯覺。強烈的跳動，血液以高速輸送至全身，甚至感覺體溫略微上升。

不過，這也無可奈何。

因為士道現在——把令音帶來澪回憶中的海邊。

那無疑是一把雙刃劍。因為讓令音欣賞這片海景，意味著有可能讓她嗅出士道擁有真士的記憶這項事實。

不，如果只有這樣倒還好。若是讓她發現士道來自未來的世界，到時候就算全盤瓦解也不足為奇。實際上，這裡是在〈佛拉克西納斯〉與精靈們思考約會行程時最具爭議的地方。

不過——士道還是選擇了這裡。

這場約會的目的是封印令音的靈力。

換句話說，是一場士道能否超越令音心中的真士的對決。

當然，在這種情況下搬出與真士的回憶的場所，或許是一種自殺行為。事實上，在會議中也有人提出類似的意見。

但是，士道的想法不同。

他認為忽視令音心中最深刻的回憶，自己肯定無法超越真士。

不——說超越感覺也有些不對。

無論士道做了什麼，三十年前的海潮聲也不會從她的心中消失。

所以，士道必須「連同真士的存在」一起虜獲令音的芳心。

「…………」

這是一場賭注。走錯一步便全盤皆輸，危險至極的賭注。

不過，士道堅信唯有這個方法才能讓大家倖存。

澪愛真士。這一點無庸置疑。這份感情簡直是焚燒世界的戀愛，是局外人無從窺見，如烈火般的愛慕。

不過，令音與士道和精靈們度過的時間——想必也並非謊言或虛假。

「…………」

令音凝視著大海，緩緩將視線移向士道。士道緊張得感覺心肌絞痛。

「……小士，就是這裡嗎？」

然而，令音說出的話卻很平靜。

她在心中是如何解釋如今的狀況，士道只能靠想像，但總之她似乎是接受了這片景色。士道暗自鬆了一口氣，沒有將這份情緒表達在臉上，回答：

「沒錯。這裡就是我想帶妳來看的地方——很漂亮吧？」

「……嗯，非常漂亮……」

令音眺望著海岸線，感慨萬千地如此說道。

士道點了點頭，再次朝令音伸出手。

「要不要散個步？」

「……好，非常樂意。」

令音面帶微笑如此說完，便牽起士道的手。

「……嗯，這個地方——真的很漂亮呢。雖然這樣形容很老套，但感覺整個心靈被洗滌了一樣。」

「啊哈哈，妳太誇張了啦。但是，妳喜歡就好。」

「……不過，你為什麼要帶我來這裡？」

「感覺妳應該會喜歡這種地方。」

「……這樣啊。那麼你的直覺非常準喔。」

兩人交談著這些內容，慢步海岸。

與真士一起看過的海。

這是在充滿驚奇的今天當中最令她驚嘆的一件事。

——是偶然？必然？真士的記憶果然復甦了？不，既然士道也是真士的一部分，也沒什麼好奇怪的——各式各樣的猜測在令音的腦海中盤旋。

但她立刻便了解如今該說的並不是這些話。

令音又與士道交談了好一會兒，一邊在沙灘上留下足跡。

聊的內容天南地北。一開始聊大海，接著聊學校、明天的事；琴里是否有些努力過頭了；神無月應該再努力一點；站前的「La Pucelle」好像出了期間限定的新口味泡芙；真的嗎？那明天絕對不能死……等等。真的有不少無關緊要的內容。

不過——令音覺得這令她十分舒心。

說得極端一點，聊什麼根本無所謂。

兩人慢步回憶之海，互相交談。

光是這樣——就夠了。

——不久，時間過去，斜陽開始將大海照得火紅。

令音與士道並肩坐在堤防上，聽著小小的波浪聲。

「……小士。」

「什麼事？」

「……嗯，沒有，我忘記要說什麼了。」

「哈哈……什麼嘛。」

士道笑道。令音也莞爾一笑。

舒服的海浪聲，涼爽的空氣。在這樣的環境下，肩膀與手臂感受到的士道的體溫，以及——確切的心跳聲。

感受著這些因素的期間，令音有種奇妙的感覺。

該怎麼形容才好？思緒恍惚，漸漸懶得活動手腳，但絕不是厭惡的感覺。而是宛如被溫暖的雙手擁抱那般舒服，意識一點一點融化的感覺。

「……嗯……」

當她發現這是睽違三十年來的打瞌睡時，意識早已沒入黑暗之中。

◇

「……令音？」

士道疑惑地呼喚。因為令音突然靠在他的肩膀上。

轉頭一瞧，發現令音闔上雙眼，發出睡覺的呼吸聲。看來是睡著了。

不過，這也難怪。一大早出遠門，陪自己東玩西跑的，會累也是理所當然。

『真難得，令音竟然會在別人面前睡著。』

「是嗎？」

琴里大感意外的聲音透過通訊器傳來。保險起見，士道如此輕聲回應。

不過聽琴里這麼一說，這或許真的是士道第一次看見令音睡著的模樣。他搞不好目睹了十分稀奇的光景呢。

『真可惜。要是達到可以封印的程度，這可是絕佳的親吻機會呢。』

「喂、喂……就算達到，也不能未經允許就親吻睡著的人吧？」

『哎呀，當睡美人不是很美妙嗎？女生多多少少都有這種憧憬吧——當然，要看親的人是誰就是了。』

琴里以開玩笑的口吻說道。明明只聽見聲音，眼前卻浮現她不停晃動嘴裡含著的加倍佳糖果棒並聳肩的模樣。

當兩人對話的時候，士道的肩膀產生微微的搖晃。看來是令音醒過來，輕輕抬起頭的樣子。

「早安，令音。」

「…………………………」

士道向她問候。結果令音可能是睡迷糊了或是在發呆，一臉納悶地眨了眨眼。

數秒後才像是終於理解狀況似的微微瞪大雙眼。

「……我剛才該不會──」

「沒錯。妳剛才睡著了……不過也只睡了一下而已，大概不到五分鐘吧。」

「…………」

士道說完，令音沉默了片刻，開始觸摸自己的額頭和臉頰──簡直像在確認汗水和淚水的痕跡一樣。

「令音……？」

「…………呼。」

士道不明白她這個舉動代表什麼含意，歪了歪頭後，令音便輕聲吐氣。

吐氣聲接連不斷，且越來越大聲。

「……呼呼、呼呼，啊哈哈哈哈……」

原來那是──笑聲。

笑聲本身並不怎麼稀奇。是流露出──好笑、快樂、開心──以及害羞，極其普通的情感表

現。

不過，士道聽見她的聲音、看見她的表情後，目瞪口呆了好一會兒。

理由很單純。因為士道從未見過令音像這樣笑。

琴里他們似乎也一樣。通訊機另一頭傳來細微的屏息聲和類似驚嘆的聲音。

「……這樣啊，我睡著了嗎？哈哈……原來如此，真是傷腦筋呢……」

令音沒有察覺士道的表情——不，是就算察覺了也止不住笑——一直笑個不停，不久後把手放到士道的肩上。

「……我要向你道謝。我好久沒睡得這麼舒服了。看來你的肩膀特別好睡。」

然後臉上浮現溫柔的笑容，如此說道。

士道輕聲屏息。原本就美得令人打顫的令音臉上又多了柔和的印象，變得更加有魅力，令人不禁怦然心動。

於是，下一瞬間——

『……！士道！』

琴里蘊含興奮與些許焦躁的聲音與警報聲震動士道的鼓膜。

『令音的好感度及精神狀態大幅改變！趁現在……！』

「……！」

聽見琴里說的話，士道的眉毛抽動了一下。

沒想到封印的機會竟會在這種時間點降臨。在別人面前展露睡相，對令音而言似乎具有極大的意義。

就算如此，欲速則不達。即使達到可能封印的程度，強行進攻搞不好會導致難得上升的好感度下降。

那麼，究竟該怎麼——

「…………」

想到這裡，士道突然吐了一口氣。

對了。到目前為止都是所謂的事前準備，士道還沒對令音表達明確的心意。

「——令音。」

士道輕聲呼喚名字後，恢復平靜的令音似乎察覺到氣氛的變化，便望向他。

「……嗯。什麼事，那麼鄭重其事？」

「沒有啦……就是關於剛才泡露天溫泉的事。」

「……喔喔，放心吧。我不會告訴大家的。」

「我不是這個意思……不對，我是希望妳保密沒錯……」

士道搔了搔臉頰說道，接著重新振奮精神似的說：

「我是指妳的——心上人的事。」

「…………這件事怎麼了？」

過了半晌，令音如此回答。

士道一副下定決心的模樣凝視令音的雙眼。

「——我不夠格嗎？」

「…………」

令音聽了士道的發言，沉默以對。

可是，她的眼神並沒有透露出拒絕與厭惡。

遲疑和困惑，以及些許的——罪惡感。

士道以彷彿要吞噬這些情緒的氣勢繼續說：

「我沒有想取代那個人或是逼妳忘記那個人的想法。可是……我想以我自己的方式，有別於那個人的方式來喜歡妳……不行嗎？」

「…………」

令音沒有肯定，也沒有否定。

士道把手擱在她的肩上，她也沒有表現出拒絕的態度。

「令音——」

「……小士，我——」

令音本來打算說些什麼。

但是，當士道將臉慢慢靠近她時，不久她便噤口不語，閉上眼睛。

彼此的呼吸交雜在一起。

能聽見彼此的心跳聲。

——兩人的唇瓣交疊。

在點綴著火紅夕陽的海邊。

士道與令音——實現了三十年前真士與澪未能實現的親吻。

「——好耶！」

琴里在〈佛拉克西納斯〉的艦橋上凝視著大螢幕，忍不住彎起手肘，握拳擺出勝利姿勢。

螢幕上映出士道與令音的輪廓，背對著夕陽接吻的畫面。那幅光景甚至宛如電影中的一幕。

與琴里同樣注視著兩人約會的精靈們目睹這幅情景後，也各自表現出反應。十香、六喰和夕弦目不轉睛地看得入迷；七罪和耶俱矢挪開視線；四糸乃摀住眼睛，卻從指縫間看得一清二楚；折紙面無表情地凝視；二亞和美九則是發出「喀嚓、喀嚓」的快門聲——

反應雖然各有不同，但也許是事前已告知她們坐在艦橋協助士道可能會看見他與令音接吻的畫面，似乎沒有特別失去理智的精靈。不過……二亞和美九就某種意義而言也算是失去理智吧。

總之，兩人成功接吻了。琴里瞥了一眼畫面旁的數值，好感度到達可以封印的程度。條件全部達標，這下應該能封印令音的靈力——

「……！司令！」

不過，那一瞬間。

刺耳的警報聲和船員的聲音同時震動琴里的鼓膜。

宛如時間停止的錯覺；腦袋迸裂般的幸福感。士道體內的真士的記憶，使得摟住令音肩膀的手臂自然加重了力道。

漫長。太漫長了。竟然花了如此長久的時間才終於像這樣緊抱住澪。

他好不容易壓抑住激動的情緒。自己不是崇宮真士，而是五河士道。真士的渴望強烈得若是不這樣堅定地提醒自己，意識似乎就會被覆蓋過去。

不久，一股溫暖的感覺透過交疊的脣流進士道體內——

「——」

——「並沒有」。

「……！」

士道屏住呼吸。

士道的確親吻了令音，也有種路徑連接起來的感覺。

不過不論經過多久，都沒有產生封印精靈靈力時所感受到的力量流動。

——為什麼？士道問自己。步驟應該沒錯才對，好感度也理應達標。莫非由初始精靈令音所產生的士道無法封印令音的力量嗎？還是說——

「…………」

當士道思緒一片混亂時，令音的唇慢慢離開士道的唇。

然後以手指撫摸微濕的唇瓣，發出聲音：

「……原來如此。你——『已經看過未來了啊』。」

「——！」

『什麼——』

士道聽見令音說的話，肩膀顫了一下。琴里的驚愕聲響徹士道的頭蓋骨。

然而，令音依然保持一副沉著至極的模樣，接著說：

「……你在驚訝什麼？你又不是第一次透過路徑共享記憶。」

令音如此說道，沒有推開士道也沒有惡言相向，反而慈愛地撫摸他的頭。

「……今天一天所發生的妙事終於有了解答……啊啊，不對，我或許早已隱約察覺到了。只是，我一定不想去理解吧。因為你邀請我約會這件事，真的讓我感到非常開心。」

令音以溫柔的口吻如此說完，挨近士道耳邊低喃般接著說：

「……我真的玩得很開心，盡興得暫時忘記辛酸的過去。

——不過，夢終究會醒。

對吧——『士道』？」

第三章 不該存在的戰場

——流淚、哭泣，不知道哭了多久。

抽泣、嗚咽，即使如此，眼淚依然沒有流乾的跡象。

他的存在是自己的一切。自己因他而活，並真心認為出生就是為了與他相遇——在與他度過的時間，自己不知不覺產生了這種想法。

——然而他在自己眼前死去，自己卻依然像這樣存活。

這令她十分難以忍受。

也曾想過隨他而去，甚至認為若能與他生死相依也好。

不過，精靈強韌無比的身體連這小小的願望也不允許她實現。

就算噴再多的血，服用致死性的毒藥，還是跳樓自殺，她的身體依然會無視她的意志，繼續選擇生存吧。

自己必須懷抱著這種絕望，度過不知究竟會持續多久的漫長歲月。這餘生對她而言，稱為地獄也不夠煎熬。

不過——

「……已經不要緊了。因為，『有你在』。」

少女溫柔地撫摸自己的腹部。

雖然尚且平坦，但那裡確實——有一個生命在呼吸。

要重新構成死過一次的人類，勢必需要花費相應的時間，但她擁有無窮無盡的時間。

在絕望中誕生的微弱光明已足夠支撐她的心靈。

「……呵呵。」

少女沒有擦拭臉頰流下的淚水，莞爾一笑後再次溫柔撫摸她的肚皮。

◇

『——道、士道！』

「……！」

聽見通訊器傳來的呼喚聲，士道肩膀微微顫了一下。

從琴里的聲音來判斷，她似乎已經呼喚好幾次了。是令音動了什麼手腳，還是只是自己在發呆？總之，士道一時之間沒有注意到琴里的呼喚聲。

「唔——」

士道再次認知狀況後當場躲開，擺脫令音的手。

在未來世界的記憶中，令音觸碰了士道導致他瞬間移動，甚至差點被消除身為士道的記憶。就這樣讓令音觸碰下去太過危險了。

「…………」

令音沒有追上前也沒有放聲大喊，只是極其冷靜地看著士道的行動。不久後才慢慢抬起腰。

「……唔嗯，我被討厭了呢。想到我的所作所為，這也是無可奈何的事。不過被你拒絕，感覺非常難受呢。」

然後有些落寞地如此低喃。那副軟弱的模樣實在不像是用一根手指頭毀滅世界的精靈，彷彿是與戀人吵架的少女之類。

「……我沒有討厭妳，反而想立刻將妳緊擁入懷，再次親吻妳。」

士道不敢疏忽大意地注意令音的一舉手一投足，並且如此回答。

儘管語氣戲謔，卻是毫不虛假的肺腑之言。士道體內的真士的記憶在此時也依然不斷地想朝令音伸出手；士道本身也是，即使體驗過絕望的未來，仍舊無法討厭令音。

「……我也是啊，覺得你非常可愛。與你重逢時，我沒有一時衝動緊抱你，我都想請你誇獎我了呢。」

「那麼，我有個好辦法。我們立刻在這裡和好，妳和我還有精靈們大家一起生活，肯定每天都會很快樂。」

「……是啊，你的建議非常有魅力。若是我沒有認識小士，一定二話不說就答應了吧。」

令音吐了一口長氣，接著說：

「……可是，沒辦法。因為我先認識了小士，我體會到什麼是愛。沒有小士的世界毫無意義，沒有小士的人生毫無價值——我說我喜歡那些精靈，也是半句不假的真心話。不過，為了與小士重逢，我能夠拋棄一切。」

「…………」

令音的話語輕柔，卻帶著不可動搖的強悍。士道聞言，嚥了一口口水。

他早已明白令音的決心有多麼牢不可破，早在未來的世界就痛切地體會過了。不過再次面對時，士道依然強烈感受到令人起雞皮疙瘩的戰慄。

士道凝視著令音，拚命動腦。

作戰失敗。雖然成功與令音接吻，卻無法封印她的靈力。接下來究竟該怎麼做？到底能做什麼？對手是親愛的最強精靈，所有條理在她面前都毫無意義。就算做了什麼事來阻止她——根本辦不到吧。而且最糟糕的是，透過路徑——共享了未來的記憶——已經連出其不意——都無法實現了。若是士道打算利用【六之彈】——回到過去——要怎麼騙過她的雙眼——

「……！唔，唔……？」

士道突然眉頭深鎖，皺起臉孔。

因為宛如要打斷士道的思考，產生斷斷續續的微弱頭痛。

一時之間還以為是令音做了什麼——然而並非如此。令音似乎也對士道突然表現出異常的狀態感到疑惑。

況且——這種感覺似曾相識。

在未來世界被令音喚起的真士的記憶。不屬於自己的記憶逐漸滲透進大腦的感覺。士道現在的感受似乎非常接近那種感覺。

不過，真士的記憶應該早已甦醒。那麼，這究竟是——

「……！」

就在士道將手放在額頭上的時候——

刺耳的警報聲透過通訊器震動士道的頭蓋骨。

一時之間，士道還以為那是偵測到令音的靈力所發出的緊急事態通知。

然而，並非如此。通訊器立刻響起琴里的聲音。

『——士道！是DEM！』

「什麼……！」

通知響起的數秒後，士道在視野邊緣──天空的另一端看見無數個細小的黑影。

從這個距離望去模糊不清，但立刻便明白那並非候鳥或飛機那類東西。沒錯，那是──

「……DEM的艦隊啊。」

令音與士道一樣仰望著天空，吐出這句呢喃。

那道聲音與平常一樣冷靜沉著，但士道如今卻感受到盤踞在深處無窮無盡的負面情感。

這也難怪。畢竟對她而言，DEM無非是奪走她心愛的真士的對象。

「……照理說，應該是明天決戰才對──是〈神蝕篇帙〉嗎？看來因為你們的行動，改寫了歷史。」

令音自言自語般低喃後，突然低下頭凝視士道。

「……好了，該怎麼辦呢？未來的我似乎把你傳送到了避難所，不讓你受到波及──」

「……！」

令音說完，士道不禁擺出防禦姿態。

令音見狀嘆了一口氣。

「……要你別這麼提防我也是強人所難吧──」

就在這一瞬間──

空間劃過一條黑色直線，打斷令音說話。

宛如以沾滿墨水的筆一口氣用力揮過紙面，從地面直達令音的頭部。

「什麼……！」

——士道之所以意識到那是影子子彈的軌跡，是因為令音止住話語，頭部微微晃動。

「……唔嗯。」

令音吐掉用門牙接住的影子子彈，俯看地面——正確來說，是盤踞在地面的影子。

於是下一瞬間，影子中又朝令音射出好幾發子彈。令音輕輕向後仰，往地面一蹬，跳向後方閃避子彈。

轉瞬之間展開的槍林彈雨。士道的眼和腦慢了一拍才掌握住狀況。

然後理解到——是誰攻擊令音。

「狂三……！」

「——嘻嘻嘻，嘻嘻。」

士道呼喚名字後，一名少女從影子中發出她的招牌笑聲登場。

綁成左右不均等的漆黑頭髮、以鮮血和影子的顏色印染的靈裝，以及「滴答滴答」刻劃時間的金鐘之眼。

沒錯。操縱時間與影子的最邪惡精靈時崎狂三現身於士道與令音之間。

「你好呀，士道。你看起來健康安好，真是萬幸。」

狂三回頭瞥了士道一眼，以一如往常的態度笑道。士道見狀，不禁從喉嚨擠出聲音：

「狂三，妳怎麼會——！」

狂三的體內有澪的存在。士道的確在未來的世界親眼目睹澪扒開狂三的胸口爬出的畫面。

而這個消息也應該透過分身轉告狂三本尊了才對。狂三敵不過澪。何止敵不過，根本可說是已經敗北。既然如此，怎麼會——

「虧人家還趕過來替你解圍，竟然回我怎麼會來，我聽了都難過得快哭了。」

狂三以聽起來並不怎麼難過的語氣嘻嘻笑道。

於是，令音見狀，將手抵在下巴，再次「……呼」地吐了一口氣。

「……是狂三啊——歡迎妳來啊。有妳在，事情就好辦了。」

「——哎呀、哎呀。」

令音說完，狂三動作誇張地面向她。

「妳還是一樣傲慢得令人作嘔呢，村雨老師——不對，是澪嗎？我竟然被妳騙得團團轉。沒想到我的仇敵就近在咫尺。」

然後她以戲謔卻蘊含怒氣與怨恨的聲音接著說：

「好久沒有『把妳當成妳』好好交談了呢——妳好呀，我一直一直很想見妳呢。為了妳那腐敗的夢想，妳在那之後究竟堆了幾具屍體？我想我也殺了不少人，但還遠不及妳呢。可以請妳把祕訣傳授給我嗎？」

「…………」

面對狂三充滿諷刺和惡意的挑釁，令音卻紋風不動——彷彿在表達她的罪她自己最清楚不過了。

「……妳應該不是為了說這些話才來這裡的吧？妳沒那麼魯莽才對。」

「那可不一定。我一看到妳的臉，就忍不住煩悶急躁起來。」

「……假如真是如此，那也無所謂就是了。」

令音輕聲嘆息如此說道，接著說：

「……不管理由為何，這下子現場湊齊了威斯考特和妳擁有的兩個靈魂結晶——這舞臺足以讓小士覺醒了。」

「是嗎……就看妳有沒有這本事——了！」

狂三吶喊的瞬間，澪的周圍出現了好幾道影子，無數名與狂三相同面貌的少女從中現身——是〈刻刻帝〉製造出來的分身。

「嘻嘻嘻嘻嘻！」

「好了、好了，我們要上嘍！」

「受死吧——！」

然後她們各自大喊，扣下雙手拿的兩把槍的扳機。漆黑的子彈描繪出影子軌跡，從四面八方射中令音。

不，命中的瞬間，令音朝地面一蹬，宛如將身體拋向無重力空間般輕盈地飛舞在天空。影子子彈集中在令音方才的所在地，發出震天價響的爆炸聲炸了開來。

「──嘻嘻！」

不過，狂三早已預料到了吧。她猛然抬起頭，隨著這個動作，分身們的外圍又立刻產生了無數道影子，冒出新的分身。

然後瞄準逃到空中的令音，同時發射比剛才更多的子彈。

無數子彈似乎蘊含了強烈的靈力，以極為精妙的控制力集中成一點，引起大規模爆炸。

不過──即使施展出一記漂亮的攻擊，狂三依然未放鬆心情，也沒有將視線從令音的所在地挪開。

想必狂三也心知肚明，憑那種程度的攻擊根本不可能打倒令音。

彷彿要驗證她的預想，原本盤踞在空中的影子黑煙散去，朦朧的光芒開始照耀四周。

「啊──」

士道見狀，不禁發出聲音。

因為令音身穿釋放出淡淡光芒的靈裝，靜靜地飄浮在那裡。

高雅優美，如女神般的靈裝。背上的羽翼，與失去色彩的十顆星星。儘管模樣有些許不同，但那無庸置疑是澪在未來世界所穿的靈裝。

——初始精靈〈神祇〉。

以神之名稱呼的精靈，如今降臨於此。

「……雖然順序有點相反，不過也罷——狂三，把妳體內的靈魂結晶和我的另一半身體還給我吧。」

「——哈，我……拒絕！」

狂三散發出如裂帛般清厲的氣勢，飛到空中。分散於四周的分身也跟著朝地面一蹬。無數的狂三與子彈交錯亂舞。凶猛的漆黑狂風在四周呼嘯肆虐，不允許有任何生物存活。

不過，令音有別於先前的舉動，別說閃避子彈了，連轉身都沒有，只是悠然佇立在空中。

對顯現出靈裝的令音來說，根本沒必要閃躲狂三的子彈吧。理應每一擊的威力都足以致命的子彈在觸碰到令音的靈裝前，全都靜止在空中。

「……過來吧，『我』。」

令音如此輕聲說道，慢慢舉起手，招了招手。

於是，那一瞬間——

「……嘎！」

指揮分身的狂三突然很痛苦，隨後一隻白皙的手臂從她的胸口冒了出來。

「狂三……！」

士道高聲呼喊狂三的名字。

那是在未來世界也曾目睹的光景。就連人稱最邪惡精靈的狂三也無可奈何地被奪去性命的絕望瞬間。

士道咬牙切齒──自己就是為了不讓這個事態發生才回到過去的；就是為了不要看見這幅光景才改寫歷史的。結果，面對初始精靈卻無能為力嗎──

──然而……

「──嘻嘻、嘻……！」

下一瞬間，狂三看著刺出自己胸口的手臂。

輕聲卻確實──笑了。

「……！」

目睹這個畫面，士道輕輕倒抽一口氣。

狂三的表情透露的並非自暴自棄或死心斷念。

啊啊，沒錯。狂三本來就不是那種任憑擺布、魯莽行動的輕率少女。即使只剩一線生機，她也不會放棄，再三運籌帷幄，然後行事。就是因為有她在，士道才能像這樣活下來。

「我就在……等這一……瞬間——！」

狂三痛苦但無畏地如此說道，加強握住短槍的臂力大喊：

「〈刻刻帝〉——！」

宛如回應她的呼喚，盤踞在地面的影子伸長，被吸進槍口。

狂三用微微顫抖的手舉起短槍，將槍口朝向令音——不對，是朝向自己的太陽穴，然後扣下扳機。

「什……！」

「喀！」一聲，響起清脆的聲音後，子彈射進狂三的腦袋。下一瞬間，感覺狂三的身體晃動了一下。

不過——就只是如此而已，沒發生任何奇怪的事。吃了〈刻刻帝〉的子彈獲得力量的狂三既沒有將澪拖出自己的身體，也沒有將澪塞回體內然後衝上前痛毆令音。

——唯一異常的事，就是狂三開槍射擊自己。

接下來展開的光景就如同士道所知。

一絲不掛的少女——澪從狂三體內現身，成為沉默屍體的狂三宛如褪下的空殼被丟棄。而此時，狂三的分身群也一臉痛苦地扭曲身體，消失於影子中。

「…………」

「…………」

令音與澪四目相交後，不約而同地走向對方，張開雙手抱在一起。

接著，兩人的身體發出光芒，輪廓慢慢合二為一。

光芒消逝後，模樣與在未來世界所見的如出一轍的澪降臨於此。

「澪──」

士道怔怔地呼喚其名後，澪便突然莞爾一笑。

「嗯。你應該很久沒見到我這副模樣了──不對，小士已經見過這副姿態的我了吧。有點複雜呢。」

澪如此說道，像是察覺到什麼似的眉毛微微抽動了一下。

「啊──」

這時，士道也發現了──澪背上的靈裝的一部分，那十顆星星至今連一顆都沒有亮。

儘管記憶模糊，但記得在未來世界澪顯現靈裝時，已有一顆黑星亮了。然而，如今卻沒有。

雖然不知道這個現象意味著什麼……不過，澪的表情透露出這件事出乎她的意料。

「……是狂三動了什麼手腳嗎？不愧是我親愛的朋友。」

澪一副真心佩服的樣子如此說道，輕聲嘆息並抬起頭。

「……澪──」

士道呼喚澪的名字，然而——下一瞬間，一陣強烈的頭痛再次襲來，令他當場跪倒在地。

「小士……？」

「唔……啊啊……！」

視野閃閃爍爍，感覺就像是在自己所見的景色中如潛意識般混入陌生的光景。

那不是士道的記憶，也不是——真士的記憶。少女的纖細手臂、悲傷、絕望、慟哭、一線生機、撫摸、腹部。你一定——

這些零碎的光景碎片在腦海中不斷交錯。自己到底發生了什麼事，簡直莫名其妙。

不過，看著這些支離破碎的畫面——

「……這是——」

士道的腦海裡產生了某種推測和可能性。

◇

籠罩著空中艦艇〈佛拉克西納斯〉艦橋的是焦躁、慌亂，以及些許的悲嘆與困惑。

不過這也無可厚非。畢竟一時之間以為成功封印了令音的靈力，卻以失敗告終，再加上——

「DEM……！」

艦橋下方的船員發出充滿戰慄的聲音。

沒錯。當士道與令音對峙的時候，DEM的空中艦艇突然出現。

「在空間震警報未響起的狀況下襲擊？他們還真是豁出去了呢。」

琴里表情嚴肅，憤恨不平地低吟道。

DEM Industry公司，琴里一行人的仇敵。他們的目的是殺死精靈，獲得她們的靈力。

話雖如此，這個組織在準備大規模戰鬥時會發布假的空間震警報讓人迴避。實際上，在士道所謂的未來戰爭中，他們也採取了這個手段。

然而，這次卻未發布警報。倘若DEM沒有出錯，那麼只能想到兩個理由。

也就是即使背負出現目擊者和犧牲者的風險，也想攻其不備——

或是他們判斷「就算出現了目擊者和犧牲者，只要改寫世界就沒有任何問題」。

「嘖——」

琴里往嘴裡的加倍佳棒棒糖一咬，糖果「喀」一聲裂開。

不過，她惱怒的理由不只如此。

——「這」本應是不該發生的襲擊。

理由極為單純。因為今天還是二月十九日。

而DEM指定的決戰日是二月二十日。當然敵方DEM的發言，她並未盡信，只是士道已經看過未來，據他所說，DEM在十九日也沒有發動任何攻擊才是。

當然，既然士道和〈拉塔托斯克〉採取與原本歷史不同的行動，也難保DEM會採取相同的行動。

不過這場猛攻未免太過突兀。如此一來——

「……既然猜中了，是不是應該再開心一點？」

琴里有些自嘲地聳了聳肩，並且覺得沒意思似的嘆了一口氣。

坐在分析官席上的二亞也一臉愁容地撫摸下巴。

不過，這也是理所當然——畢竟那本來就是「她的能力」啊。

「——果然是〈神蝕篇帙〉吧……」

二亞露出一副五味雜陳的表情，呻吟般說道。

沒錯，〈神蝕篇帙〉。是二亞的天使〈囁告篇帙(Rasiel)〉反轉之後的姿態，也是被威斯考特奪走的「魔王」。

模樣為一本巨大書籍的魔王，能「知曉」這世間的森羅萬象。雖說在二亞的干擾下，已降低了它搜尋的準確度，但難保威斯考特不會發現己方的行動。

「就算沒發現少年重返過去，只要偷窺我們的對話便能猜出一二。若是稍有疑慮，那就順藤摸瓜，找出答案。」

二亞誇張地聳了聳肩。

但琴里、二亞和士道早已清楚有這種危險性。

明知如此，士道還是向大家坦誠未來的事。

為了虜獲令音的芳心，情報共享與縝密的商討不可或缺，不可能在瞞過〈神蝕篇帙〉的情況下進行。

既然如此，該如何選擇——自然不言而喻。

因為若是無法封印令音的靈力，琴里等人便必死無疑。

雖說與令音相比，DEM居於其次，但DEM的威脅卻不小。這個組織在數量與兵力上遠遠凌駕在〈拉塔托斯克〉之上，如今正全體出動，企圖攻擊士道。

「總之，立刻將士道接回艦上！先重整態勢！」

「「了解……！」」

聽見琴里的指示，所有船員異口同聲如此回應。

「……小士？」

與從狂三體內出現的分身合二為一，恢復完整身體的澪眉頭微皺，輕聲說道。

因為前方的士道突然發出斷斷續續的微弱呻吟，按住頭跪倒在地。

那副模樣宛如害怕打雷的孩子，但士道並不是那種會因為澪或DEM而怕得跪趴在地的人。這一點澪再清楚不過了。當然他也不是那種會使出蹩腳的演技裝病好讓澪疏忽大意的人。

可是，不對，正因如此，才令人費解。

「小士，你到底怎麼了──」

當澪正想走近士道時，士道的身體突然開始發出淡淡的光芒。

不可思議的現象。但她立刻意會過來，那是〈佛拉克西納斯〉試圖將艦外的物質傳送到艦內時所發出的光芒。恐怕是琴里正打算將士道傳送回艦內。

「…………」

若是想出手妨礙倒也未嘗不可，但澪沒有這麼做。

她本來就打算先將士道移到安全的場所，因此判斷如果是琴里和瑪莉亞，應該能對症下藥，照顧好士道吧。

士道的身體籠罩著光芒，瞬間從現場消失無蹤。

澪目送他離去後，輕聲嘆息道：

「──讓不識趣的巫師和機器人破壞這裡的風景也沒什麼意思。」

澪以冰冷刺骨的聲音說道，再次望向天空。

「……小士，你等我。我馬上就解決了。」

澪留下這句話後凌空一躍，劃出閃閃發亮的光之軌跡飛向DEM艦隊。

◇

滿天的DEM艦其中一艘艦艇，威斯考特在艦橋上聽取其他艦艇透過擴音器傳來的報告。

明明位於最前線的正中央，他的表情卻完全看不見緊張或焦躁這類的情緒。嘴角上揚，彎成新月的形狀；指尖時不時在深色西裝上敲打出節奏。那副模樣就宛如假日午後聽著喜歡的歌曲，悠閒地休息一樣。

『——〈加爾德拉博克(Galdrabók)〉，戰鬥準備完畢。隨時能進攻。』

『〈何諾里(Honorius)〉，同上。』

『〈阿爾瑪德(Almandal)〉，這邊也一樣。』

掌握完所有報告後，威斯考特大大地點了點頭。

「——很好。各艦，開始行動。」

『了解！』

各艦艦長異口同聲回答。隔著擴音器依然傳達出的熱血與振奮化為強大的音波，震動四周。

「——艾克，真的沒問題吧。」

此時，附近的艾蓮瞥了威斯考特一眼。「嗯。」威斯考特毫不遲疑地點頭。

「那是當然，一切按照計畫進行。」

「…………」

聽見威斯考特的回答，艾蓮沉默了一下，不久發出輕聲嘆息並且回應：

「是嗎？那……就好。」

「嗯。毋須感到任何不安。我們的宿願馬上就要實現了。」

威斯考特有些裝腔作勢地張開雙手，望向前面的螢幕。

上頭映出跪趴在海岸的五河士道與初始精靈〈神祇〉。

四周只有一大片汪洋大海與廣大的森林，以及零星的住宿設施、商家與民房，沒有任何物體阻隔敵我。〈拉塔托斯克〉似乎在天宮市街的建築物設置了艦戰用的對空武器，但總不可能在這個海岸也設置了同樣的兵器吧。

「——哎呀？」

這時，威斯考特眉毛抽動了一下。只見畫面中的士道發出淡淡的光芒，下一瞬間，突然消失了蹤影。

恐怕是〈佛拉克西納斯〉的傳送裝置。估計因為〈神祇〉與DEM的出現，打算先重整態

勢，將士道接回艦內吧。

不過，這個舉動早已在威斯考特的預料之內。他氣定神閒地——搞不好有些愉悅地——發出聲音：

「難得舞臺都備齊了，要是讓他們逃走可就傷腦筋了——〈幻獸・邦德思基〉(Bandersnatch)隊，β作戰。照計畫行動。」

『——是！』

聽見威斯考特下達的指令，擴音器傳來小聲的回答。

◇

「唔……唔，啊……！」

「——士道！」

當士道就這樣抱著頭蹲在地上時，上方突然傳來這樣的聲音。

「唔，啊……？」

他忍住痛苦，好不容易抬起頭。於是，看見十香憂心忡忡的模樣。

不，不只十香，還有折紙、琴里、四糸乃、耶俱矢、夕弦、美九、七罪、二亞、六喰——

〈拉塔托斯克〉保護的精靈全都在那裡。

霎時間，還以為是大家來救他了——然而，並非如此。那裡不見澪的蹤影，周圍的景色已變成熟悉的〈佛拉克西納斯〉艦橋。看來是利用傳送裝置將士道接回艦內了。

劇烈的頭痛漸漸緩和。士道擦拭額頭上不知不覺冒出的汗水，在十香的攙扶下慢慢站起來。

「十、香……大家……」

「嗯，你沒事吧？是澪對你做了什麼嗎……？」

「不，這倒……」

士道話說到一半，艦橋前方映出空中情況的主螢幕發出刺眼的光芒。

「啊——」

空中出現巨大的球體，朝四周散布光粒。

他見過這顆球體——〈萬象聖堂(Ain Soph Aur)〉。一碰便致命的奪命死亡天使。它強大的破壞力接二連三瓦解DEM艦巨大的黑影。

那已經不適合用戰鬥或戰爭這類的形容，而是單方面的屠殺，冷酷無情的殲滅。蟻群和踐踏牠們的孩子，這兩者之間的力量差距或許還沒那麼懸殊。

「……！」

「哇啊～～……聽是聽說過，但未免也太誇張了吧～～嚇死四糸奈了。」

「首肯。與她正面對決是下策。」

「……也對。得趁DEM拖住澪時撤退才行。我說真的。」

所有人表情透露出戰慄之色，妳一言我一語地說道。

不過，士道發出沙啞的聲音說：

「不……行……」

「唔？」

「郎君，此話怎講？」

聽見士道說的話，精靈們紛紛納悶地瞪大雙眼。

士道等疼痛舒緩後放眼望向大家的臉。

「……不行。我還……不能逃。什麼事都還沒解決。」

沒錯——不可以。

若是士道的推測無誤——他還不能逃。

但是，這句話聽在精靈們的耳裡似乎大感意外。大家的困惑和琴里的聲音震動鼓膜。

「你在說什麼啊，士道！怎麼看作戰都失敗了吧！我明白你的心情，但意氣用事情況也不會好轉！」

「我不是意氣用事。可是……就是不行——」

就在士道如此說完的瞬間，「嗶嗶嗶嗶！」艦橋上響起類似警報的聲音。
「這是什麼聲音？現在的氣氛很嚴肅，可以把手機關掉嗎，機器子？」
『二亞，妳身為漫畫家卻沒什麼取外號的品味呢——現在不是理會整天喝醉酒的人的時候。琴里，有人試圖聯絡我們，要接通嗎？』
二亞與瑪莉亞以問候般自然的態度拌嘴似的如此說道。琴里聞言，微微皺眉。
「聯絡……？好吧，接過來。」
『了解。』
瑪莉亞說完，主螢幕「沙沙」地閃爍後，顯示出某個畫面。
原本以為會顯現出通訊對象的容貌——然而，並非如此。真要說的話，是像監視器或偷拍那類的影像。螢幕映出好幾個人，但沒有一個人注意到攝影機的樣子。
而且不只一個畫面。畫面分割成好幾格，主螢幕顯示出映出好幾個場所的影像。
琴里見狀，一臉疑惑地皺起眉頭。
「就這個時間點來看，我還以為是DEM要求與我方通訊，但這是……？」
「……唔！」
正當琴里百思不解地歪著頭時，十香像是發現什麼似的發出聲音。
「十香，妳怎麼了？」

「看那個畫面，是亞衣、麻衣、美衣！」

「……咦？」

聽見這句話，士道抬起頭。十香所指的畫面的確顯示出士道的同班同學山吹亞衣、葉櫻麻衣、藤袴美衣的身影。不知道是補課還是擔任什麼執行委員，明明是假日卻待在學校。仔細一瞧，後方也能看見殿町和小珠老師的身影。

不，不只如此。十香說完，這次換折紙眉毛輕輕抽動了一下。

「——隊長、小惠和小米？」

因為亞衣、麻衣、美衣等人隔壁的畫面，顯示出ＡＳＴ的隊長日下部燎子和折紙的前同事們的身影。

「咦！日依……？」

「……！花音同學——」

「啊……！那傢伙在做什麼……？」

精靈們接二連三發出聲音。其他畫面上有美九的偶像同業朝倉日依；四糸乃、七罪體驗入學時交到的朋友綾小路花音；其他還有耶俱矢和夕弦的朋友。

沒錯。分割的各個畫面都映出好幾個精靈們的朋友和熟人。

「這是怎樣……」

士道不明白這些影像的意圖而眉頭深鎖。

不過下一瞬間，士道等人立刻便了然於心。

——明白敵人的企圖，那無比惡毒的策略。

因為亞衣、麻衣、美衣等人所在的教室窗戶玻璃應聲破裂，碎得一塌糊塗。隨後從中出現好幾隻〈幻獸．邦德思基〉，機械攝影之眼蠢動著。

『嗚哇呀啊啊啊啊啊啊！』

『什麼什麼，這是怎麼回事！』

『學校突然闖進恐怖分子嗎？』

亞衣、麻衣、美衣尖銳的吶喊聲透過擴音器響遍整個艦橋。

然後其他畫面也同時發生同樣的事。

『什麼……！這傢伙是DEM的！怎麼回事！』

『隊、隊長！緊急著裝行動裝置呢——』

『可惜在保管庫裡……！』

『呀啊！這、這是什麼呀……整人秀嗎！』

『喂……！機器人突然從天而降耶！』

『花音同學，別又想引人注目說出這種……嗚哇，真的耶！花音同學偶爾也會說真話呢。』

『幹嘛因為這種奇怪的點感動啊！快逃啦！』

學校、自衛隊駐防基地、演唱會會場、夕陽照耀的街道上。

未響起空間震警報的城鎮各處都出現了機械怪物。

「什麼——」

那是平常不可能發生的光景。因為驅動〈幻獸．邦德思基〉的顯現裝置與精靈是保密的存在一樣，都是未昭告天下的技術。

將其光明正大地暴露在眾目睽睽之下，企圖危害一般市民，簡直是瘋了。就算DEM Industry擁有再大的權力，也無法圓滿地解決如此荒唐的事態。

不——搞不好他們認為根本不需要解決。一想到這種可能性，士道就有種心臟揪緊的錯覺。

『——嗨，〈拉塔托斯克〉的諸君，你們聽得到我說話嗎？』

正當士道等人感到戰慄時，擴音器響起有別於哀號和破壞聲的聲音。

一道極為冷靜又幸災樂禍——並且令人火大——的男人嗓音。無庸置疑是ＤＥＭ公司的執行董事，艾薩克．威斯考特。士道呻吟般吶喊他的名字：

「威斯考特……！」

『正是。怎麼樣，看得開心嗎？』

「別鬧了！干他們什麼事！你到底有什麼目的……！」

士道憤恨不平地說道，威斯考特便滿不在乎地回答：

『目的嗎？這個嘛，事情怎麼發展我都無所謂。』

「你說什麼……？」

威斯考特繼續對感到困惑的士道說：

『最理想的應該是他們作為人質的功用吧。那麼，我就會像歹毒的綁架犯一樣宣言：「如果想要他們的命，就把五河士道擁有的所有靈魂結晶交給我。」』

「唔……！」

威斯考特說完，士道咬牙切齒地皺起臉孔。

這時，琴里的手往他的肩膀一放，像是要他冷靜下來一樣。

「——抱歉，你未免太小看我們了吧？我們好歹會計算利弊得失好嗎？要是把靈魂結晶交給你，這個世界搞不好會整個被改寫，當然也包括原本想保護的那些人——怎麼能因為一時的感性犯下這種愚蠢的行為。」

琴里以低沉的聲音如此說道。不過，她的臉頰冒汗，眉心刻劃出深深的皺紋。幸好這次通訊只能聽見雙方的聲音。

當然，想也知道琴里並非只是冷靜地說出這句話，應該是想拐彎抹角地罵威斯考特卑鄙吧。

不過這麼做就等於自曝其短，所以琴里不得不扮演一個冷靜冷酷的司令官——表示那樣的威

脅根本毫無意義。

威斯考特聞言，「嗯」了一聲，並不怎麼吃驚地繼續說下去。

『既然如此，那也沒辦法。我只好像個殘酷的獨裁者，下令恣意殘殺他們了。若是有一名精靈看見朋友被殺的光景而反轉，我就賺到了。』

「……！」

士道不禁屏住呼吸，感覺一股涼意在胃部蔓延。

士道為了改變所有精靈死亡的未來而用【六之彈】穿越時光。而如今卻因為士道的行動，讓原本沒事的朋友們面臨死亡。

琴里的反應也大同小異，但士道自豪的妹妹始終守住她司令官的身分，讓聲音不產生一絲顫抖，以冷靜沉著的態度回答：

「……哎呀，那真是可怕啊，我得立刻關掉影像才行。竟然特地告訴我，沒想到這世上有如此親切的敵人呢。」

『哎呀，我失策了嗎？那也沒辦法。就算精靈沒有反轉——也夠我盡興的了。』

「你這混帳……！」

聽見威斯考特脫離常軌的話，士道將心中翻騰的怨恨轉換成怒吼，從喉嚨發出來。

與威斯考特面對面時看見的那雙鐵鏽色的眼睛，那雙不把人當人看的冷冰眼眸提醒了士道。

——他真的會動手。如詛咒般堅信不移。那句話顯然不是基於威脅或爾虞我詐說出來的。

『——好，那就來看我會不會說到做到吧。先讓顯示的幾個影像血染螢幕，之後我再來問看你們的感想。』

「！住手——」

士道出聲制止也是枉然。威斯考特彈了一個響指，對〈幻獸·邦德思基〉下達指示。

◇

在漫畫中經常能看見角色在遇見出乎意料的事情時，會捏自己的臉頰懷疑是不是在作夢。根據某一種說法，是因為在夢中不會感到疼痛。

山吹亞衣每次看到這種畫面都會笑道：「少扯了～～怎麼可能這麼做～～」那終究是漫畫的表達方式，肯定是為了強調角色傻眼的模樣所設計出來的動作。

但如今看來，她今後可能有必要改變這種想法了。

因為當學校的窗戶突然應聲破裂，出現神祕的機器人集團時，她確實做出了那個動作。

「咦，咦咦……這是怎樣……？」

亞衣用右手捏了捏臉頰形成滑稽無比的表情，目瞪口呆地嘀咕。

順帶一提，手指應該用了不少力，卻不怎麼感到疼痛。雖說顯然不是在作夢，但面對意想不到的事態，腦袋可能分泌出多巴胺、腦內啡或是β胡蘿蔔素這類東西吧。

機器人有五隻。不，那不過是教室裡的數量，外頭還飄浮著好幾隻。軀體比人類大了一圈，具備粗壯的手臂與尖銳的爪子，怎麼看都像是擅長戰鬥、壓制或虐殺之類的技能。

目前位於教室的有亞衣、她的朋友葉櫻麻衣、藤袴美衣，以及班導師岡峰珠惠老師和同班同學殿町宏人這五個人。至少找不到能跟神祕的戰鬥機器人（？）上演武打場面的成員。

「山、山吹同學、葉櫻同學、藤袴同學……！還有殿町同學！危險！快逃啊～～！」

岡峰老師，通稱小珠老師嬌小的身軀顫抖著大喊。

不過，機器人集團卻「喀嘰、喀嘰」地散開，把亞衣等人團團包圍，霸占通往走廊的門口，擺出一副若是他們想逃跑便會立刻攻擊他們的樣子。

「這、這些機器人是怎樣啦！就外觀來看，應該不是正義的英雄吧！真要說的話，是邪惡軍團吧！」

「該不會是來自人類與機器人大戰的未來，前來殺死之後的人類領導者吧？不會吧？我竟然變成那麼偉大的人物了嗎！」

「噫～～～～！救命啊～～！一次就好，我好想在死之前將臉埋進女生的大腿間啊～～！」

麻衣、美衣與殿町各自緊抱住亞衣的右手、左手以及大腿，發出哀號。亞衣先把殿町踹飛。

於是那一瞬間，前方原本在觀察亞衣等人情況的機器人像是接收到某種指令，開始行動。它踏著緩慢的步伐走近亞衣他們。

「啊……！」

「噫……！」

「唔……！」

亞衣、麻衣、美衣各自從喉嚨擠出聲音。

不過，最多也只能做到這樣了。大概是因為害怕，身體動彈不動。就算能活動，也不知道該如何逃跑。

在這段時間，機器人已經逼近到亞衣的眼前。冷冰無情的異形將不斷活動的攝影之眼鎖定在亞衣身上後，高高舉起好似捆起大型小刀的爪子。

「啊——」

亞衣從喉嚨發出呆愣的聲音，思緒宛如將一瞬間拉長般被壓縮。原來真的有所謂的走馬燈啊——湧起這種莫名的感慨。感覺突然想起無數人生過去的回憶。

——啊啊，我真的要死了。至今過著普通的生活，卻要被突然出現的機器人殺死了。機器人？呃，機器人是怎樣？簡直莫名其妙。雖說人生不知道會發生什麼事，但再怎麼說這也太荒唐了吧。嗚哇，真的假啊？太扯了吧。啊啊，早知道會這樣，我就好好去跟岸和田同學告白了——

銳利的爪子一揮而下，劈開了亞衣被濃縮到極致的思緒。

陸上自衛隊天宮駐防基地。自衛隊員在此處生活、執勤，是日本的防衛據點之一。

當然，裡頭駐守了各式各樣的部隊以防災害和緊急事態發生，其中也包含了專門應付空間震——精靈災害的祕密部隊，ＡＳＴ對抗精靈部隊。

這支由操縱顯現裝置的特殊戰鬥要員——巫師們所組成的部隊，說是國內存在的公家武力中最強的也不為過。若要襲擊這裡，襲擊警視廳或國會議事堂的難度還比較低。

不過——如今，上述的ＡＳＴ的隊長日下部燎子眼前卻發生難以置信的事態。

「什……」

當她在隊舍一角的休息區與同為ＡＳＴ成員的岡峰美紀惠和維修技師米爾德蕾德・Ｆ・藤村交談時，突然出現了好幾隻機器人。

機器人的模樣十分眼熟。是ＤＥＭ的無人兵器〈幻獸・邦德思基〉。

不過即使認出了〈幻獸・邦德思基〉，燎子一時之間依然不明白發生了什麼事。

不敢說兩者之間沒有任何摩擦，但ＤＥＭ也有提供技術給ＡＳＴ，說起來算是站在同一陣線。照理說，那裡的兵器不可能來襲擊燎子她們。

不過，如今〈幻獸．邦德思基〉顯然對燎子她們採取備戰姿態。〈幻獸．邦德思基〉將攝影之眼鎖定燎子，用力揮下爪子。

「嘖──」

燎子皺起臉，避開攻擊後，拔出隨身攜帶的9毫米手槍，扣下扳機。

不過這對用隨意領域防禦的〈幻獸．邦德思基〉根本不管用。燎子發射的子彈在快要射中它的身軀前靜止，直接掉落地面。

〈幻獸．邦德思基〉群一步步縮短距離，包圍住燎子等人。

「隊、隊長……這應該跟折紙前輩之前說過的事有關吧……！」

這時，她身旁的美紀惠像是想起什麼似的如此說道。

沒錯。昨天前同事鳶一折紙造訪駐防基地，對燎子等人發出神祕的警告。燎子會和美紀惠、小米聚在一起，也是在討論這件事。

折紙說DEM是企圖獲得精靈的力量並加以利用的組織，他們或許會在二月二十日要求AST參戰，希望AST務必拒絕。

原來如此，現在這個狀況確實感覺與折紙說的有所關連。不，也有可能是因為從折紙那裡聽說了這件事才陷入生命危險。

燎子無從判別哪個才是事實，而對方似乎也沒打算給自己思考這件事的時間。

「唔……！」

燎子看著〈幻獸・邦德思基〉大大張開的手掌閃耀著魔力光，緊咬牙根。

「咦……！咦……！」

朝倉日依一臉慌張困惑，雙眼圓睜環顧四周。

不過，這也是理所當然的事。因為正當她在自己的演唱會唱歌的時候，一群陌生的機器人代替伴舞的舞者出現在舞臺上。

「嗚喔喔喔喔喔喔喔喔喔！日依～～～～～～！」

「咦！那是什麼，恐攻嗎？太可怕了吧？」

「笨蛋，是表演的一環吧？」

「可是歌曲停了耶。」

「嗚喔喔喔喔喔喔喔喔喔喔喔喔喔喔喔喔喔喔喔喔喔喔喔喔！」

面對突如其來的事態，感到疑惑不解與以為是演唱會表演的一環而情緒高漲的觀眾各占了一半，但至少日依不曾聽說會有這樣的表演。

起初還懷疑是不是被整了。「如果在演唱會的舞者全是機器人，朝倉日依會有什麼反應？」

類似這樣的主題。

不過冷靜想想，就算是整人，企畫內容未免也太莫名其妙了。重點是，那些機器人如ＣＧ般流暢的舉動令日依的頭腦一片混亂——看這輪廓顯然不是人類扮的，但現代的機器人有辦法動得這麼順暢嗎？

當日依思考著這種事情的時候，機器人雙手的爪子一閃，逐漸逼近包圍住她。

「噫……！」

看見這令人毛骨悚然的畫面，日依不禁啞然失聲並且向後退。不過，後方同樣有機器人朝她逼近。

「美、美九……！」

日依半下意識地閉起眼睛，呼喊她崇拜的偶像前輩誘宵美九的名字。

當然不可能因為喊了別人的名字就會有人來救她。機器人集團以冰冷的視線捕捉住日依後，從四面八方朝她伸出爪子尖端，像是要將她刺穿一樣。

不過——下一瞬間。

兩半。

「喔喔喔喔喔喔喔喔喔喔——！」

教室裡響起如裂帛般清厲的吶喊聲，站在亞衣前方的機器人的身體同時不偏不倚地斷成左右兩半。

「咦……？」

面對突如其來的事態，眾人不禁將眼睛瞪得圓滾滾的。

機器人發出「啪嘰、啪嘰」的電流聲倒向左右兩旁後，它的背後出現了一名少女。

「咦——」

認出少女的容貌，所有人再次瞪大雙眼。

不過，那也是理所當然的事。因為站在那裡的是——

「亞衣、麻衣、美衣！還有殿町跟小珠！你們沒事吧！」

身穿發出淡淡光芒的衣裳，手握巨劍的同班同學，夜刀神十香。

「呼——！」

聽見有人吐了長長一口氣，隨後閃過一道光芒，朝燎子等人攻擊的〈幻獸・邦德思基〉的手臂被彈了開來。

「什麼……！」

燎子等人不禁屏住呼吸。這時，美紀惠像是察覺到什麼似的高聲吶喊：

「折、折紙前輩！」

聽見這句話，其他人反射性地循著美紀惠的視線望去。

於是，正如美紀惠所說的，看見了身穿銀白色CR-Unit，外罩白紗的折紙。

「——我在～～妳叫人家了嗎，日依？」

「咦……？」

聽見頭上傳來的聲音，日依睜開雙眼。

便看見原本步步逼近、包圍自己的機器人集團全都仰躺在地。

日依猛然抬起頭，朝聲音來源望去後——

「美、美九……！」

看見美九身穿散發出淡淡光芒、夢幻無比的衣裳，飄浮在那裡。

◇

「很好──！」

士道在〈佛拉克西納斯〉的艦橋上緊握拳頭，觀看十香的奮戰。

沒錯。因為身穿限定靈裝的十香出現在其中一個映出士道同班同學等人的分割畫面中，將正打算攻擊亞衣、麻衣、美衣的〈幻獸・邦德思基〉一刀兩斷。

不，不只十香。直到剛才還在〈佛拉克西納斯〉艦橋上的折紙、美九、四糸乃、七罪、耶俱矢、夕弦，都各自趕到朋友們身邊，與十香一樣幫助他們脫困。

分割的畫面閃耀著靈力光芒，好幾隻〈幻獸・邦德思基〉化為廢鐵。對人類而言充滿威脅的〈幻獸・邦德思基〉，面對精靈也毫無用武之地。

當然，如今〈佛拉克西納斯〉並非飄浮在天宮市的上空，而是真士與澪回憶中的大海上。就算是精靈，也不可能瞬間趕到朋友們身邊。

而將不可能化為可能的是──

「──唔。先前尚憂慮長距離移動可能出差錯……看來是成功了呢。」

手持〈封解主（Michael）〉的六喰。

鑰匙天使〈封解主〉能「封鎖」──或是「開啟」萬物。

不只對緊閉的門扉和鎖有效，連人心或記憶等無形之物，以及──連結空間與空間的「洞孔」都能產生作用。這世上幾乎沒有〈封解主〉無法開啟的東西。

沒錯。發現朋友們面臨危機的精靈們透過六喰開啟的空間「洞孔」，瞬間移動到他們身邊。

但士道不知道這是否稱得上最好的方法。

的確，因為沒有其他手段能拯救亞衣、麻衣、美衣和殿町他們，所以也無可奈何，但這個方法伴隨著某種致命性的風險。

理由很單純。要收拾在眾目睽睽下現身的〈幻獸．邦德思基〉，就代表──

『妳、妳是十香吧……？』

『折紙！妳這身打扮是──』

『美九，妳怎麼會在這裡……！話說，妳那身裝扮……應該不是舞臺裝吧？』

『呀啊啊啊啊啊啊啊啊！是美～九九～～～～～～～～～～～！』

『什……什麼！四糸乃同學，還有七罪同學！』

『吾之盟友耶倶矢！難不成妳終於因漆黑氣場覺醒了嗎……！』

『咦！夕弦同學，妳那身性感的服裝是怎麼回事？』

各個畫面傳來精靈的朋友們慌張、困惑的聲音；一部分則是傳來興奮的聲音。

精靈們拯救朋友的代價是必須將她們的真正身分攤在陽光下。

「……啊啊，真是的。就算是〈拉塔托斯克〉，也難以將這件事蒙混過去吧。我的胃已經開始痛了。」

琴里看著畫面中突然吵嚷起來的人們，無奈地將手放在額頭上。

「不過——」琴里低喃後，露出銳利的視線。

「——我們度過難關了喲，艾薩克·威斯考特。」

『唔嗯。』

於是，威斯考特輕聲低吟般如此說完，接著開口：

『真是本領高超啊，值得讚賞。不過，我沒說過嗎？「事情如何發展我都無所謂」——殺手鐧總是要留到最後。』

「……你說什麼？」

聽見威斯考特說的話，琴里一臉疑惑地皺起眉頭。

——下一瞬間，宛如呼應她的聲音，響起了震耳欲聾的爆炸聲，〈佛拉克西納斯〉的艦身因此劇烈搖晃。

「……！琴里！」

「唔……！是DEM艦的攻擊！瑪莉亞，狀況如何？」

『是。目前的狀況是──』

琴里憤恨不平地詢問後，便響起瑪莉亞困惑般的聲音。

『DEM艦突擊〈佛拉克西納斯〉，然後直接同化隨意領域，橫靠在我們的艦身。』

「同化……隨意領域！有辦法做到這種事嗎！」

『理論上是可能的。只要擁有完全掌握對方隨意領域組成的分析力，還有以超高輸出率展開的隨意領域，就有可能。』

「……！」

瑪莉亞說完，琴里屏住呼吸。

這時自動感應攝影機正好將影像傳送到主螢幕。

映出像吸盤一樣緊貼住〈佛拉克西納斯〉側面，以流線型艦身自豪的美麗空中艦艇。

「〈蓋迪亞(Goetia)〉……！」

琴里氣憤地呼喚它的名字。

這名字很耳熟。〈蓋迪亞〉。艾蓮．梅瑟斯駕駛的專用艦，同時也是過去擊落修繕前的〈佛拉克西納斯〉的艦艇。

據說以〈佛拉克西納斯Excelsior〉之姿復活後，在精靈們的幫助下成功報仇雪恨──然而如今大半的精靈分散在天宮市各地。

「唔，瑪莉亞，甩掉它——」

就在琴里正要對瑪莉亞下達指示的瞬間，〈蓋迪亞〉的艙門開啟，隨後有「某種東西」以迅雷不及掩耳的速度從中飛出，跳上〈佛拉克西納斯〉的艦身。

下一瞬間，響起震天價響的爆炸聲，艦橋的天花板同時破裂。一把將刺眼的魔力光固定成劍刃形狀的高輸出率光劍一閃，夕陽射進了艦橋。要是空中艦艇沒有被隨意領域覆蓋，包含士道在內的船員們肯定會因為氣壓的差距被吸出外面。

「什麼——」

「不會吧……！」

艦橋上瞬間充滿慌亂。

而這一瞬間，對那名巫師來說已足以構成明確的破綻。

「別幻想待在艦內就很安全——至少，在我面前不適用。」

——艾蓮．梅瑟斯。

認出破壞艦艇外殼闖進艦橋的侵入者面貌時，她的劍已逐漸逼近士道。恐怕再過不到一秒，它的劍尖就會沒入士道的心臟吧。

不過——

「——殺手鐧總是要留到最後。那個禽獸不如的社長倒是說了一句好話嘛。」

某處傳來這樣的聲音後，下一瞬間，逼近士道的魔力之刃便從下方被往上揮開。

「啊——」

士道頓了一拍後才理解。

是誰救了自己。

「——真那！」

「是——殺手鋼堂堂登場。」

沒錯。站在那裡的是士道的——不，是真士的親妹妹，崇宮真那。她身上穿的是有如野狼一般的CR-Unit〈Vánargandr〉。看來是為防萬一，在艦內待命吧。

「喝啊——！」

真那發出裂帛般清厲的吶喊聲，強化隨意領域後抱住艾蓮，噴射Unit的推進器。艦內籠罩著刺眼的光芒，真那和艾蓮從天花板破裂的大洞飛向艦外。

「真那……！」

即使是真那，也不可能獨力戰勝艾蓮。士道握緊拳頭使全身充滿靈力後，當場抬起腳。

「士道！別去，太亂來——」

琴里察覺士道的意圖後試圖制止他，但他沒有把話聽到最後便朝艦橋的地板用力一蹬。

接著讓風之天使〈颶風騎士(Raphael)〉的力量纏繞身體，從天花板破裂的洞口往艦外凌空一躍。

一萬五千公尺，令人頭暈目眩的高度。不過，大概是多虧了包圍艦身的隨意領域，周圍的氣溫、稀薄的空氣、風力等因素並沒有對士道造成什麼影響。他在〈佛拉克西納斯〉白紫配色的光滑外殼上踏穩腳步後，尋找真那與艾蓮的身影。

「——！」

這個空間沒有任何物體遮蔽視野，因此立刻便發現了她們的蹤影。

問題在於——那裡並不只有真那與艾蓮兩個人。

「呀哈哈哈！」

「哎呀、哎呀，兄妹倆都到齊了啊～～」

「也能讓我加入嗎？」

無數名飄浮在〈佛拉克西納斯〉外殼上的少女響起毫無緊張感的聲音，哈哈大笑。

「〈妮貝可〉！」

士道見狀不禁大喊她們的名字。

沒錯——〈妮貝可〉。魔王〈神蝕篇帙〉結合DEM的技術所創造出來的擬似精靈少女。

接著有兩名人物走上前來，打斷她們的笑聲。

一人是與艾蓮同為DEM巫師的阿爾緹米希亞·阿休克羅夫特。

而另一人則是——攜帶漆黑書籍的DEM首領，艾薩克·威斯考特本人。

「威斯考特……！」

士道大喊，表情一陣戰慄。

畢竟可說是DEM Industry最高戰力的三人齊聚一堂。老實說，士道萬萬沒想到他們竟會全部離開本隊，出現在這種地方。

澪依然在遙遠的空中繼續毀滅ＤＥＭ的空中艦艇。士道用眼角餘光捕捉那幅光景，這才恍然大悟。恐怕他們早已預料澪會出現，故意以那群大艦隊為誘餌，作為犧牲品。

沒錯──為了奪取士道體內沉睡的靈力，將澪的力量據為己有。

「嗨，五河士道。不，應該稱你崇宮真士比較好吧？連真那也來了。呵，真是奇妙的組合啊，宛如回到了三十年前。」

威斯考特一派輕鬆地說道。不過，他的眼底卻透露出金屬般冰冷的光芒。

「……是啊。你跟艾蓮一點進步也沒有。都過了三十年，照理說應該要有什麼成長吧。」

即使士道語帶諷刺，威斯考特的臉上依然掛著冷笑，宛如戴著面具一樣。這使得表情略顯不悅的艾蓮看起來多了幾分人情味。

「其實我很想跟你們暢談往事──但不巧的是，我也沒那個美國時間。枉費你們兄妹倆感情融洽地出來迎接我，但我必須在精靈們回來之前收拾掉你們。」

配合威斯考特說的話和動作，艾蓮、阿爾緹米希亞，以及〈妮貝可〉紛紛散開來包圍住士道與真那。

「唔——」

「嘖……」

寡不敵眾。士道與真那背靠著背，採取應戰姿態。

真那無疑是世界上屈指可數的巫師，士道體內也具備許多靈魂結晶。

不過即使考慮到這些優勢，情勢依然非常險惡。

人類最強的艾蓮·梅瑟斯、實力居於其次的巫師阿爾緹米希亞·阿休克羅夫特，以及操縱魔王〈神蝕篇帙〉的威斯考特，還有他的手下擬似精靈〈妮貝可〉。

要與他們對抗，明顯人手不足。照這樣下去——

這時——

「——哎呀，要說『兄妹感情融洽』的話，你們是不是忘了還有一個人？」

那一瞬間，下方傳來這樣的聲音，隨後一名嬌小的人影從外殼破裂的洞飛了出來。

「……！琴里！」

士道以眼角餘光捕捉到她的身影後，不禁放聲大喊。

沒錯。因為那個人正是〈佛拉克西納斯〉的艦長，同時也是士道的妹妹五河琴里。

而且她的裝扮與先前不同，是軍裝與和服結合，宛如纏繞著火焰的紅色靈裝。她的手上還握

著與身高差不多大的巨大戰斧。

「妳這副模樣是……！」

「這有什麼好驚訝的？六喰必須維持『洞孔』好讓大家能夠回來；二亞又沒有多餘的靈力能夠戰鬥。這樣一來，不就只剩下我了嗎？」

「就算這樣……！」

士道正想說下去時，琴里露出銳利的視線，壓低嗓音說道：

「別擔心。短時間內我還能發揮力量，不致於被破壞衝動給吞噬——這種緊急事態要我坐以待斃，想都別想……！」

「琴里……」

「琴里——」

琴里說完，士道與真那看向彼此，不約而同地點了點頭。

士道的手上顯現出劍之天使〈鏖殺公(Sandalphon)〉；而真那則是舉起雷射光刃〈Wolftail〉。

「——我要上嘍，艾薩克·威斯考特。你可能以為鑽了我們的空子，但我會讓你體認到你選擇了最壞的時機。」

「說得對。讓你見識見識我們兄妹的力量——對吧，琴里？」

「……！沒錯！」

士道與真那說完，琴里微微睜大雙眼，用力握緊天使〈灼爛殲鬼(Camael)〉的握柄。

士道、真那與琴里。

哥哥士道位於兩個妹妹中間，三兄妹在戰場上第一次並肩作戰。

威斯考特見狀，覺得十分可笑地笑道：

「——有意思。人類，我看你們有何能耐反抗。」

瞬間。

「——！」

威斯考特說完，艾蓮、阿爾緹米希亞，以及無數的〈妮貝可〉立刻同時朝三人攻擊。

◇

飄浮於比〈佛拉克西納斯〉更高空的姊妹艦〈烏魯姆斯〉。

表示緊急事態的警報聲、透過擴音器傳出的爆炸聲，以及船員們吶喊般的報告聲在艦橋上縱橫交錯。

不過，這也是理所當然的事。因為顯現靈裝與天使的初始精靈〈神祇〉正於前方的空域與DEM艦隊展開戰鬥，而威斯考特率領的分遣小隊則是乘機襲擊〈佛拉克西納斯〉。

再加上〈佛拉克西納斯〉主戰力的精靈們多半分散於各地。短短十幾分鐘前還無比和平的海岸，頓時戰火叢生。

「…………」

坐在輪椅上的〈拉塔托斯克〉圓桌會議議長艾略特・伍德曼於艦橋中心，表情嚴肅地摩娑著他長著鬍子的下巴。

狀況十分嚴峻。雖然於〈佛拉克西納斯〉外殼上展開戰鬥的士道、琴里和真那努力奮戰，但敵方壓倒性的數量與艾蓮等人高強的實力使他們逐漸居於下風。況且，〈神祇〉隨時可能襲來。

「……〈神祇〉──澪嗎？」

伍德曼以朦朧的視線望向主螢幕上顯示的精靈光芒。

即使老眼昏花──不，身為純正魔法師的伍德曼就算不用雙眼看，也能清清楚楚感受到那龐大的靈力。

──沒錯，是當時的精靈。

三十年前，伍德曼為了對人類復仇，與威斯考特、艾蓮、嘉蓮一同召喚出的──令他一見傾心的存在。造成〈拉塔托斯克機構〉誕生的間接原因，一切緣由的起點和原點。

〈佛拉克西納斯〉的船員村雨令音是澪偽裝的姿態，而五河士道本人是她利用崇宮真士重新組成的。雖然接到這份報告時他嚇了一跳，但他心中也產生了莫名的認同感。

愛上精靈，創立保護精靈的機構，發現能封印靈力的少年——儘管認為是奇蹟般的際遇，但搞不好澪連伍德曼的存在和行動都計算在內，繪製了一切的藍圖。

「……哎呀，我真是愛上了一個多麼歹毒的女人啊。」

伍德曼有些自嘲地呢喃後，再次動腦思考。

根據琴里的報告，初始精靈澪為了將五河士道變回崇宮真士，打算回收其餘的靈魂結晶，殺死所有精靈。

——過去愛上的精靈，與自己一直保護至今的精靈們。這兩方互相敵對，自己究竟該站在哪一方呢——

「……啊！」

思考到這裡，伍德曼再次笑了笑。

——這還用說嗎？當然是「雙方」。

艾略特．伍德曼可是不惜與過去的夥伴分道揚鑣，選擇守護精靈這條路，創立了〈拉塔托斯克〉這個組織。

如此任性的男人，怎麼可能老老實實地在二選一當中做出選擇？

至少五河士道——那個善良的少年肯定會贊同自己的答案吧。

「——那麼，就算是為了他，也必須保護那群精靈。」

伍德曼輕聲說道，對站在後方的女性開口：

「嘉蓮——準備〈奧丁〉(Wodan)。」

〈奧丁〉，CR-Unit之名，可說是〈拉塔托斯克〉的技術結晶。

冠上諸神之王名諱的金色鎧甲是超高輸出力的Unit。就連身為純正魔法師與人造巫師的伍德曼，也必須以顯現裝置讓身體恢復到顛峰時期的狀態才能駕馭。

而使用它就意味著——將伍德曼殘餘的生命之火燃燒殆盡。

「……你要去吧，艾略特。」

戴眼鏡的女性——嘉蓮．梅瑟斯以淡然卻有些落寞的聲音說道。伍德曼吐出一口長氣後呢喃：

「抱歉。」

「艾克、艾蓮，再加上阿爾緹米希亞。〈拉塔托斯克〉中能扭轉這個戰況的，只有我。既然如此——只能上了吧。為守護精靈而背叛同伴的男人若是不為這個使命殉死，就太虛偽了吧。」

伍德曼說完，嘉蓮沉默了片刻，以摻雜著嘆息的聲音說道：

「真是苦惱啊。就心情上我是想阻止你——但如果你是個在這時選擇明哲保身的男人，我根本不會追隨你了吧。」

「——呵。」

聽見嘉蓮說的話，伍德曼莞爾一笑後點了點頭，像在表達「走吧」。

嘉蓮在眾船員的注視下，解開伍德曼的輪椅固定器。

然而——就在這個時候。

「……！請、請等一下，伍德曼卿！這……這個反應是……！」

位於艦橋下段的其中一名船員像是發現了什麼，尖聲叫道。

◇

「呼——！」

「呀哈哈哈哈哈哈哈哈！」

「去、死、吧——！」

「唔——」

〈佛拉克西納斯〉瞬間化為戰場。

艾蓮和阿爾緹米希亞以濃密的魔力產生出的光劍閃爍，無數書頁化為各式各樣的形狀飛來。

擊落那些攻擊的〈鏖殺公〉；吐出冷氣的〈冰結傀儡(Zadkiel)〉與颳起狂風的〈颶風騎士〉；〈封解主〉於空間開啟「洞孔」，朝「洞孔」發射〈滅絕天使(Metatron)〉的光線，光線四射，一口氣消滅〈妮貝可〉群。

真那以〈Vánargandr〉的兩大裝備〈Wolftail〉和〈Wolffang〉；琴里則是以〈灼爛殲鬼〉與其產生的火焰接二連三橫掃敵人。

DEM擁有的最大戰力與士道三兄妹一決高下，充滿刀光劍影的戰場。

在眼花撩亂的攻防之中，若有一絲不慎便會致死。士道顯現出數個天使，時而發動攻擊，時而救助同伴，時而對〈妮貝可〉使出愛的呢喃，投射飛吻。

不過——這場戰鬥維持勢均力敵的情勢只有短短數分鐘。

不死之身〈妮貝可〉數量繁多，唯一能封印她的士道卻受到艾蓮集中式的攻擊，只能一個勁地防禦。在這段期間，琴里與真那漸漸被壓制。

「唔……！」

「呀哈哈，真是努力啊～～～！」

「不過，沒用的！看我用這一招——」

「送你上西天！」

士道好不容易擋下艾蓮的攻擊，這時〈妮貝可〉發射出來的紙飛機狀〈神蝕篇帙（Beelzebub）・頁（Yeled）〉從四面八方割裂士道的身體。

「唔啊……！」

身體感到一陣劇痛，視野中鮮血四濺。蘊藏於士道體內的〈灼爛殲鬼〉立刻燃起火焰治癒傷口，但〈妮貝可〉趁著士道專注力中斷的一瞬間將他壓制住；艾蓮的光劍指向他眼前。

「士道！」

「兄長……！」

琴里與真那各自呼喚。不過——她們也被無數的〈妮貝可〉阻攔，不得動彈。

在這段期間，威斯考特大大地舉起手。艾蓮點點頭回應後，隨意舉起光劍。

「——好了，受死吧。」

「唔……我怎麼能在這種地方送命……！」

士道發出呻吟般的吶喊聲，使勁擺動手腳試圖擺脫束縛。無奈〈妮貝可〉的力量太強，一動也不動。

「虧我……虧我可能終於猜到澪真正的願望是什麼了……！」

就在士道吶喊的時候——

「——好了，這次我真的來還你人情了，士道。」

某處傳來這樣的聲音。

然後下一瞬間，一道影子在士道等人所在的〈佛拉克西納斯〉外殼一帶逐漸擴大，隨後無數

的黑影從中同時飛出。

紅與黑的靈裝，綁成左右不均等的頭髮，以及——左眼窩閃耀的時鐘之眼。

沒錯。好幾名「時崎狂三」出現，有些架住〈妮貝可〉、艾蓮和阿爾緹米希亞，有些則是發射影子固定成的子彈。

「什麼——！」

「咦……！」

「怎、怎麼會！」

大概是萬萬沒想到，艾蓮、阿爾緹米希亞和〈妮貝可〉群慌亂不已的聲音充滿四周。

當然，先不論〈妮貝可〉，艾蓮和阿爾緹米希亞縱使臉上浮現驚愕的表情，還是擋開、閃避眾狂三的攻擊，反過來斜砍她們的身體——但由於受到出其不意的攻擊，一時之間不得不從士道身上轉移注意力。

所以——她們才沒發現。

位於〈妮貝可〉集團後方下達指示的指揮者。

他的背後也盤踞著黑影。

「——你總算露出破綻了啊，艾薩克・威斯考特。」

威斯考特肩毛微微抽動，回頭望向後方。

但這時——狂三的手臂已經貫穿他的胸口。

「————」

「艾克……！」

艾蓮哀號般吶喊，震動周圍的空氣。

類似細小結晶的物體隨著大量噴濺的鮮血從威斯考特的胸口出現。

——靈魂結晶。威斯考特從二亞身上奪取的精靈力量來源。

「呵呵呵——我收下了。」

狂三邪魅地笑道，搶走飄浮在空中的靈魂結晶，跳向後方。

瞬間——

「嘎……！」

「啊，啊，啊啊啊……！」

存在於四周的〈妮貝可〉群突然感到痛苦，一個個倒下，旋即紛紛化為一張紙，就這麼消融在空氣中。

〈妮貝可〉原本就是藉由〈神蝕篇帙〉的力量所產生的擬似精靈。既然其力量來源的靈魂結晶已從宿主體內被剝除，她們也難以倖存吧。

此時，散開在周圍的狂三分身群將槍口指向威斯考特。

「嘻嘻。」

「嘻嘻嘻嘻。」

「嘻嘻嘻嘻嘻嘻嘻嘻嘻！」

分身群發出瘋狂的笑聲，一齊扣下扳機。無數發子彈朝威斯考特集中飛去。

「——啊啊啊啊啊啊啊啊啊啊啊啊啊！」

艾蓮大喊，一面清除聚集在自己周圍的狂三分身一面衝向威斯考特身邊。

吶喊完大概不到一秒便來到威斯考特身邊的艾蓮用隨意領域包裹住他的身體。

即使如此，有幾發子彈似乎搶先艾蓮一步命中了威斯考特。他的右肩、左腳和側腹部噴濺出鮮血。

「唔……！艾克，你還好嗎！」

艾蓮以隨意領域支撐住威斯考特，一邊為他止血一邊轉動眼球確認周圍的狀況。

「——阿爾緹米希亞，撤退！」

艾蓮思考了一下，瞬間做出判斷並大喊。即使是人類最強的巫師，失去了〈神蝕篇帙〉與〈妮貝可〉，再加上必須一邊保護負傷的威斯考特一邊戰鬥，因此判斷情勢對己方不利吧。

「——！了解！」

阿爾緹米希亞點了點頭，砍殺狂三的分身後朝地面一蹬。

使用隨意領域抱起威斯考特的艾蓮與阿爾緹米希亞逃離現場後，以風掣雷行的速度消失在天際。

雖然狂三的分身射了數發子彈追擊，卻沒有一個分身追上他們。

想必狂三也心知肚明，不可能追上使出真本事的艾蓮——即使追上，也只會徒增損害罷了。

「狂三……！」

頓了一拍後，士道終於呼喚少女的名字。

沒錯。位於那裡的正是理應被澪殺死的精靈，時崎狂三。

而且也不像未來世界的狂三那樣，只讓一個分身逃走。具備天使的能力，帶領無數的分身，無疑是「狂三本尊」。

「是的、是的，你好呀，士道，還有琴里和真那。你們這是怎麼了？怎麼擺出那麼奇怪的表情？」

說完，狂三嘻嘻嗤笑。分身群也跟著仿效，四周充滿了奇妙的笑聲。

「還問我們怎麼了……妳剛才不是死了嗎……」

「哎呀、哎呀。不是你告訴我澪的事嗎？你該不會以為本小姐沒有準備任何計策就站到澪面前吧？」

狂三戲謔地說道，做出用短槍抵住自己太陽穴的動作。

「——當澪奪走我的靈魂結晶，打算出去外界的那一瞬間，我將我的記憶和靈魂結晶轉讓給了用【八之彈】產生的分身——當然，需要做相應的準備就是了。」

「什麼——」

聽見狂三說的話，士道一雙眼睛瞪得老大。提供情報的確實是士道沒錯，他也曾絞盡腦汁思考有沒有什麼方法能讓狂三存活下來——沒想到這種方式竟然行得通。

「也就是說……現在的妳，是處於分身體內存在著狂三本尊人格的狀態嘍……？」

士道說完，狂三有些別有深意地莞爾一笑。

「哎，詳細情況之後再說，有機會的話——現在最重要的……」

狂三瞇起眼睛，仔細端詳從威斯考特身上奪取的靈魂結晶，將短槍的槍口指向它。

「〈刻刻帝〉——【四之彈(Dalet)】。」

然後如此說道，發射【四之彈】。

於是，如黑夜般漆黑的靈魂結晶開始散發出朦朧的淡淡光芒。

沒錯——宛如反轉的靈魂結晶恢復到原本的狀態。

「終於、終於得到手了。」

狂三邪魅一笑後，將靈魂結晶按向自己的胸口。

於是，靈魂結晶釋放出格外強烈的光芒——被吸進狂三的胸口。

「啊——呼……」

狂三一臉滿足地微笑，像是感受到快感似的身體顫抖。

「啊啊，啊啊，好激動啊，好激動啊。這就是——第二個靈魂結晶。呵呵呵，我感覺現在自己似乎無所不能呢。」

「狂三……！妳究竟在做什麼——」

士道驚愕地瞪大雙眼吶喊後，恰巧傳來其他喊叫聲。

「士道！」

「士道……！」

下一瞬間，好幾名身穿限定靈裝的精靈從〈佛拉克西納斯〉外殼破裂的大洞飛了出來。看來是在「洞孔」的另一端擊敗了〈幻獸．邦德思基〉，回到這裡了。

「抱歉，士道！我來遲了——」

十香轉過身，舉起〈鏖殺公〉——看見狂三的身影後瞪大雙眼。

其他精靈似乎已經聽六喰和二亞大略說明過，但想必狂三在場一事實在是出乎她們的意料，所有人表現出和十香類似的反應。

「狂三……？」

「咦！這是怎麼回事～～？人家聽說ＤＥＭ的人正在攻擊達令他們耶～～……」

美九東張西望環顧四周並如此說道，狂三便覺得十分可笑似的笑道：

「呵呵呵，不好意思，拯救士道的角色被我搶走了。不過——」

說完，狂三有些自嘲地聳了聳肩。

「——看來，更棘手的人物駕到了呢。」

「咦……？」

聽見狂三說的話，士道微微皺起眉頭。

不過——不到片刻，士道便理解了這句話的含意。不，是半被迫理解了。

因為士道眨完眼的下一瞬間，世界便完全變了樣。

「什麼——」

周圍的景色瞬間從染上夕陽的雲海轉換為以銳利的直線構成的黑白空間。

宛如被扔進夢裡一樣——不，真要說的話，是從美夢清醒，被喚回冰冷現實般的感覺。

「……！士道！」

「這是……！」

精靈們發出充滿慌張與動搖的聲音。

士道的心情也一樣。面對突如其來的事態，瞬間啞然無言。

不過，士道與精靈們最大的差異在於他已經體驗過一次這樣的現象。

「澪……！」

他從喉嚨擠出聲音，高喊她的名字。

沒錯。這無庸置疑是澪擁有的第二天使的能力。

「——嗯。抱歉喔，小士。」

空中響起這道聲音回應士道的呼喚。士道赫然瞪大雙眼，循聲望去後，直到剛才還空無一物的虛空中不知不覺出現了澪的身影。

不，不只如此。她的頭上飄浮著中心包裹住少女的花朵，背後則有一棵樹幹環抱住少女的大樹，樹枝與樹根呈放射狀展開。

奪取萬物生命的死亡天使〈萬象聖堂〉。

以及能改寫所有條理邏輯的法之天使〈輪迴樂園(Ain Soph)〉。

那是使澪成為最強的雙翼，力量非比尋常的毀滅使徒。

「竟然會中這種調虎離山之計，看來我還太嫩了呢。不過，幸好你沒事。也謝謝狂三，幫我保護士道。」

「……哎呀、哎呀。」

從澪的道謝中感受不到惡意——不，正因為感受不到惡意——令狂三不悅地皺起臉龐。

「士道！」

隨著十香的吶喊，精靈們各自散開，保護士道。大家謹慎地瞪著澪，舉起天使。

「澪的目標是士道你。在我們爭取時間的時候，你快逃。」

「據說澪不忍心殺死我。那就讓我打頭陣吧。」

占據士道前方位置的折紙與真那目不轉睛地盯著澪說道。

「…………」

不過士道緊握拳頭後，將手擱在她們的肩上，走上前去。

「士道！」

「制止。你在做什麼，太危險了。」

精靈們制止士道。不過，士道依然繼續前進。

他已經親身體驗過，被囚禁在這個空間時就不可能逃脫——重點是，為了「拯救澪」，他怎麼能夠逃跑？

沒錯。士道終於發現了。

親吻令音後，斷斷續續產生頭痛的理由。

頭痛時所觸發的零碎記憶是什麼。

——以及它所指示的真相。

「……澪。」

「——小士。」

士道呼喚澪的名字後，澪有些開心地回答。

她的舉止、表情，令士道感覺心臟被揪緊。

不過，士道按捺住心痛，接著說：

「……我終於明白了。這個記憶——是澪妳的記憶吧。」

士道用手觸摸太陽穴，凝視著澪的雙眼。

虜獲令音芳心一事確實以失敗告終。雖然透過親吻連接起路徑，卻無法封印靈力。澪甚至還透過接連的路徑得知士道擁有的未來記憶，可說是意想得到的最糟糕的結果。

不過，這也指出了另一件事。

如同令音能透過路徑共享士道的記憶，令音——澪的記憶也同樣能與士道共享。

失去真士的絕望、悲傷，所有負面情感一口氣流進士道體內，令士道被劇烈的頭痛折磨。

不過，澪的絕望中卻閃耀著一絲希望之光。

那便是——士道的存在。

然而——

「……我無法封印妳的靈力，肯定也是單純因為力量不夠吧。妳是初始精靈，而我是尚未收集完所有靈魂結晶的半吊子。」

「可是——」士道接著說：

「不只如此。不只有……這個原因。理由很簡單。過去聽琴里說過很多次了——要封印精靈的靈力，必須打開精靈的心房，親吻她。不過，妳還沒有對我打開心房……！」

「……小士？」

聽見士道說的話，澪的臉上浮現困惑的神情。這時，後方傳來琴里納悶的聲音。

「這是什麼意思？當時她的好感度確實已經達到足以封印的程度——」

「不，不是的。澪喜歡的——不是士道（我），而是真士（小士）。」

士道忍住快要奪眶而出的眼淚，將如鯁在喉的話語吐出：

「而真士……已經不在了。」

「————」

澪瞠目結舌。

一股寒氣竄過士道的背脊。不知是自己的發言所導致，還是因為能感受到澪所有情緒的〈輪迴樂園〉，甚至感覺連周圍的氣溫都一口氣下降了。

澪從微微顫抖的唇間吐出話語：

「你在——說什麼啊，小士？所以我才重新製作出你啊。給予你精靈之力，讓你這次絕對不會死——」

「……是啊。妳的力量真的很厲害。可是，就算我收集到了所有的靈魂結晶，並且將『五河士道』的記憶從我的腦海裡消除——」

士道停頓了一下。

因為接下來要說的話可能會讓澪心碎。愛戀澪的真士的記憶與擔心令音的士道的心情，拒絕說出這句話。

不過——非說不可。士道緊握拳頭，用力得就快要滲出血，直言不諱地說：

「——『但那真的是真士嗎』？」

「————」

那是——

毀滅性的一句話，同時也是士道根據澪的記憶思考到的一種可能性。

澪本身心裡有數，卻掩蓋起來的事實。即使心有疑慮，卻逼自己忽視的可能性。

士道刻意將這個可能性挖掘出來。

「外表與真士一樣，並且擁有真士記憶的人類。可是，那不是真士。真士的靈魂並不存在於那裡……妳心裡肯定早就明白了。明白歸明白，還是無法看開！然而——那真的能滿足妳的心

嗎，澪……！」

「……………」

士道說完，澪沉默了片刻——不久後，一臉悲傷地開口：

「……小士，你為什麼要說這種話……？」

澪說出這句話的同時，包圍住士道等人的空間微微蠢動。

「我只有小士一個人了。我是為了與小士重逢才活到現在的。」

「——開什麼玩笑！」

士道不由得扯開喉嚨大喊。

精靈們被士道突如其來的舉動嚇到，肩膀抖了一下。

「只有小士一個人……？說那什麼蠢話。不是有我！有這些精靈嗎！難道與我們度過的時間，比不過和真士度過的時間嗎……！」

「……………」

士道傾訴完後，澪並沒有表現出什麼反應——宛如在表達她早已問過自己這個問題了。

她反倒是淚眼婆娑地呢喃：「啊啊，原來如此。」

「因為你不是小士，才會說出這種話吧。必須快點讓你變回小士才行——『士道』，謝謝你過去的照顧，可是，我們該道別了。」

——瞬間。

空氣震動了一下，隨後飄浮在澪背後的大樹「沙沙」蠢動，「樹枝」和「樹根」伸向天地。它們如觸手般扭動，然後以迅雷不及掩耳的速度朝士道舞動前端。

「什——」

「唔……！」

「危險……！」

十香揮舞〈鏖殺公〉；耶俱矢則是揮舞〈颶風騎士〉，斬斷逼近士道的「樹根」清除威脅。

「不好意思，謝謝妳們救了我……！」

「別在意！不過，接下來該怎麼辦？」

十香舉著〈鏖殺公〉吶喊般說道。士道輕輕點點頭並望向澪。

他原本就不打算逃跑。而且——「察覺到某件事」的他有非做不可的事等著他去完成。

「我要……再次親吻澪。」

「什麼……？」

「啥……！你不是說好感度不足嗎！」

士道說完，琴里一副難以理解的樣子大喊。

是這樣沒錯。但是——不，正因如此，士道才非做不可。

「所以——『這次我要讓她選擇我，五河士道，而不是真士』。要不然，澪一定會——」

士道的話沒說完。因為「樹根」與「樹枝」再次分別從下方和上空伸向士道，企圖捕捉他。

「士道！」

「唔——」

不，這次不僅如此。只見澪的靈裝蠢蠢欲動，隨後一條閃閃發光、類似帶子的物體伸向精靈們。

士道曾經在未來的世界看過這條帶子。與目的是擒拿士道的「樹根」和「樹枝」不一樣，那是刺穿精靈們以挖取靈魂結晶殘渣的必殺一擊。

「大家，快躲開！被攻擊到就完了！」

「「——！」」

精靈們聽從士道的警告，有的朝外殼一蹬，有的則是擊退光帶。不過，無數的「樹根」趁著這時產生的一瞬間破綻攻擊士道。

「唔——！」

「郎君！」

「達令！」

精靈們的驚叫聲震動鼓膜。

然而，就在「樹根」要觸碰到士道的瞬間，士道被人拉了一把，接著被一股奇妙的飄浮感包圍。

過了一會兒，士道才理解狀況——出現在他頭上的狂三在千鈞一髮之際救了他。

「狂三！」

「呵呵呵，好險啊。」

狂三以公主抱的方式抱著拉上來的士道，輕巧地閃躲「樹根」和「樹枝」。

「……這個姿勢，有點害羞耶。」

「現在不是說這種話的時候吧。話說——」

狂三讓無數分身護衛自己與士道，窺探士道的雙眼。

「——你說的話倒是挺有意思的嘛。說要再吻一次澪。」

「……是啊。我打算這麼做。」

士道回答後，狂三深感意外卻又覺得頗有意思似的彎起雙眼。

「可是，你已經封印失敗過一次了吧？有什麼勝算嗎？」

「……這個嘛——」

士道猶豫了一下，告訴狂三。

他在共享澪的記憶後察覺到的——

——「另一種可能性」。

「…………」

狂三聞言，瞬間瞪大雙眼。

「……哎呀、哎呀。」

然後煩躁又有些哀傷地瞇起眼睛。

「……那就是澪真正的願望嗎？自私到這種程度真是笑死人了。你是說，我們就為了這種事情被她變成精靈嗎？」

狂三唾棄般嗤之以鼻，輕聲嘆息後再次探頭看士道的臉。

「——士道。」

「什——……！」

士道說到一半便止住話語。

不，正確來說，是說不了話。

——被狂三柔軟的嘴脣堵住。

沒錯。狂三抱著士道——親吻了他。

「…………！」

事發突然，士道頭腦一片混亂。不過不久後，他感到一股暖流透過交疊的脣瓣流進他體內，這才理解了狀況。

——狂三……

最邪惡的精靈將靈力託付給了士道。

「——士道，你可別誤會了。」

狂三彷彿看穿了士道的思緒，不悅地撇開頭。

「一旦被囚禁在這個空間，便無處可逃了吧？既然澪知道未來的情報，用〈刻刻帝〉回到過去這個辦法很可能行不通——那麼，與其懷抱著夙願的靈魂結晶死去，倒不如孤注一擲，選擇生存率較高的可能性還比較聰明吧？」

狂三的靈裝帶著光芒，逐漸消融在空氣中。

不過，狂三卻不怎麼害羞地繼續說：

「我都做到這種地步了，你可得成功挽救局勢喔。」

狂三面向士道，凝視著他的雙眼如此說道。有時鐘刻劃著時間的左眼，不知何時已變回普通眼眸。

「——嗯，謝謝妳，狂三。」

士道點了點頭後，再次親吻狂三，凌空一躍。

「——哎呀、哎呀。」

狂三目送士道離開，伸出手指撫摸嘴唇。

「士道，對付女人變得挺有一手了嘛。」

然後嘻嘻嗤笑，並且輕聲嘆息。

「……話說回來，我的靈力還真是被拿得一乾二淨呢。要是留下幾分靈力，至少模樣還能像樣一些。」

狂三在腦中反覆思量剛才士道所說的話——封印精靈靈力的條件。打開精靈的心房，然後親吻。

如此一來，靈力被封印得一絲不剩的狂三不就——

「——真是的。連我自己也覺得傷腦筋呢。」

狂三莞爾一笑後，與其他精靈一樣顯現出限定靈裝，再次投身戰場。

「————」

——高漲的力量充滿身體。

狂三的靈魂結晶與二亞的靈魂結晶。與過去封印的其他精靈的靈力加起來，總共吸收進十名精靈的力量，士道有種無所不能的感覺。

身體輕盈，無疼無痛。疲勞不可思議地煙消雲散，反倒是生命力充足得直達手腳指尖。

與過往截然不同的超凡靈力。

如果有這身靈力——有機會扭轉局勢。

「〈颶風騎士〉！」

士道緊握拳頭後，讓風纏繞整個身體，在空中奔馳。

前先勉強才能避開的「樹根」與「樹枝」動作看起來彷彿靜止般緩慢。他輕而易舉地躲開逼近而來的攻擊，前往澪的身邊。

不——那或許並不完全是因為士道獲得了所有靈魂結晶。

當士道閃躲如荊棘般繁茂的「樹根」與「樹枝」時，他的眼角餘光捕捉到奇妙的物體。

那便是〈輪迴樂園〉的樹幹，以及位於〈萬象聖堂〉中心的少女像。

若士道沒有如今敏銳至極的感覺便察覺不到的微小差異。

看在士道眼裡，那兩具少女像正露出有些悲傷的微笑。

宛如——在表達「澪就交給你了」。

「——交給我吧。」

士道自言自語地如此低喃後，朝空中一蹬，瞬間來到澪的身邊。

「——！小士——」

澪驚訝得雙眼圓睜。

士道不管三七二十一便緊抱住澪——

「嗯——」

「——」

然後將自己的唇印上她的唇。

「艾克——艾克！你還好嗎，艾克！」

用隨意領域抱著威斯考特離開戰場的艾蓮一邊為威斯考特止血、鎮痛，施展促進治癒的能力，一邊不停地呼喚他。

威斯考特的傷勢無疑是致命傷。不過，若是抱著他的是人類最強的巫師，那又另當別論了。

艾蓮製作精緻的隨意領域，雖不如醫療用顯現裝置，但也總算逐漸治癒威斯考特的傷口。

但那終究是身體層面的事。就算傷口治療得完美無缺，若是失去意識，也不知道能否再次清醒。因此艾蓮才不斷呼喚威斯考特，避免他失去意識。

「……嗯，我有聽到，艾蓮。」

威斯考特明確地輕聲回應後，以微微顫抖的手指撫摸他染血的胸膛。

「……呵，原來如此，這就是活生生被剝奪靈魂結晶的感覺嗎？真是寶貴的體驗。」

「你現在還有閒情逸致開玩笑嗎……！」

艾蓮以泫然欲泣的聲音怒吼後，威斯考特便面帶微笑地安撫她，接著望向她身旁的阿爾緹米

希亞。

「……所以，現在狀況如何？」

「——〈神祇〉來訪。〈夢魔(Nightmare)〉將靈力託付給五河士道，他好像去找〈神祇〉了。」

「……〈蓋迪亞〉呢？」

威斯考特接著問道。這次換艾蓮回答他：

「……還在〈佛拉克西納斯〉側邊。遠端操作沒有中斷。」

「……這樣啊。」

聽見艾蓮說的話，威斯考特一臉滿足地點點頭。

「——所以『一切順利』吧？」

然後，威斯考特笑道。

宛如——所有事情都按照自己描繪的藍圖進行。

◇

有如一座巨大城堡坐鎮於天空的空中艦艇〈佛拉克西納斯Excelsior〉飄浮在雲海上。

「唔……！」

艦長兼司令官琴里在艦艇的外殼上輕輕發出痛苦的叫聲後，無力地跪倒在地。

而她手上的天使〈灼爛殲鬼〉與覆蓋身體的靈裝也同時消融在空氣中。勇猛的火焰精靈，恢復成披著軍服的嬌小少女。

「琴里！」

「妳沒啥大礙吧，琴里？」

其他精靈和真那憂心忡忡地聚集到琴里身邊。琴里努力表現出一副若無其事的樣子點了點頭，好讓大家安心。

「嗯，我沒事。我沒有受傷——只是時限到了。」

琴里將手擱在胸口，一邊調整呼吸一邊如此回答。其他精靈和真那聞言，鬆了一口氣。

琴里擁有的火焰天使〈灼爛殲鬼〉雖然擁有巨大的破壞力與顛覆常規般的復原能力，不過一旦施展其能力，便會萌發強烈的破壞衝動。因此，琴里盡可能不顯現出靈裝和天使，即使在像這次迫不得已的情況下，也會自動自發設定戰鬥時間。

但若是在戰鬥中到達時限，也未必能如願解除限定靈裝。就這層意義而言，這次算是純屬僥倖。

沒錯。直到剛才澪的攻擊還來勢洶洶，如今卻偃旗息鼓。

不過——琴里無法判別是否能坦率地為這事態感到欣喜。

因為當士道來到澪身邊親吻她的瞬間，飄浮在澪背後和頭上的兩個巨大天使便改變它們的模樣，包裹住士道與澪，形成巨大的球體。

「這是……」

「奇怪。到底發生了什麼事？」

耶俱矢與夕弦納悶的聲音悄悄貫穿四周。

不過，這句話可說是在場所有人的心聲，只是唯有八舞姊妹將它說出口而已。

光滑的球體直徑大約有十公尺，外殼好似寶石一樣，會依據光線的明暗度不同而呈現出各種顏色。

那副模樣宛如巨大無比的繭——或是等待發芽的植物種子。

「琴里，士道怎麼樣了？平安無事嗎？」

十香一臉不安地皺起眉頭問道。琴里猶豫了一下後，大大地點了點頭。

「嗯，那是當然。士道怎麼可能因為這點小事就被打倒。」

「唔……嗯，說的也是。」

聽見琴里的回答，十香也頷首回應。

那副模樣與其說真心相信琴里說的話，感覺也像是顧慮到琴里身為司令官，不能讓大家感到不安的立場。

……父母看見孩子成長的心情，就是這樣嗎？琴里明知現在不是這麼悠哉的時候，卻還是湧上一股莫名的感動。

不過在這種狀態下，實在太少線索了。琴里朝戴在耳後的通訊機發聲：

「——艦橋，聽得到嗎？用偵測裝置去探查看看球體裡面的狀況。」

「好的、好的～～等一下喔，妹妹～～」

於是，響起這樣的聲音回應琴里的指示。

不過琴里感覺哪裡不對勁，因此皺起眉頭。因為那道聲音似乎是直接傳到她的耳中，而不是透過骨傳導通訊機。

她立刻便得知了理由——因為身穿〈拉塔托斯克〉軍服的二亞從〈佛拉克西納斯〉外殼破裂的洞口冒出頭來。

「妳好～～我是一叫便出現的二亞～～」

「二亞！」

琴里呼喚名字後，二亞便一派輕鬆地揮了揮手，爬到外殼上。其他精靈都是運用靈力和體能飛出來的，但二亞似乎沒辦法那麼做，而是從艦橋爬梯子上來。

「嗚哇～～！好可怕啊～～～～！這就是高度一萬五千公尺的世界嗎！掉下去的話，一整集的戲分就沒了。啊～～不過倒是不冷，風也不強。隨意領域果然不是蓋的呢！科學的力量真是太

厲害了！」

二亞大聲喧鬧，一邊探頭看地上。她那搞不清楚場合的態度令琴里不禁給了她一個白眼。

「怎麼了，二亞？就算戰鬥中斷，妳跑來這種地方還是很危險的。」

「嗯？啊啊，對喔。這個、這個。」

被琴里這麼一說，二亞才像是想起什麼似的，從背上的後背包拿出一個手掌大的機器。

「讓我想一想，啊，小真真。可以幫我把這個貼在那個像繭一樣的東西上嗎？」

然後將它遞給附近的真那。真那接過神祕裝置後，一臉納悶地歪了歪頭。

「這是什麼？」

「偵測裝置終端機。雖然只用隨意領域籠罩住也能分析，但把這個貼在對象物體上，似乎可以更正確地掌握內部構造的樣子。」

「哦，原來如此，我了解了。不過，妳是專程送這個來的嗎？只要跟我說一聲，我可以去艦橋拿啊。」

「咦～～可是其他精靈都散發出一種全體出擊的感覺，只有我一個人留在艦橋，不是很那個嗎？感覺不是真正的夥伴。」

「是、是這樣嗎……？」

真那儘管擺出一副一知半解的表情，但大概覺得再追究下去也很麻煩，便含糊地回答。

「妳千萬要小心，真那。雖說它已不再攻擊，但畢竟還不知道那是個什麼東西。」

「好，我清楚得很。」

聽完琴里說的話，真那點了點頭，微微縮起腳，利用反作用力奔向天空。當然，推進力是靠背上的推進器，但動力源卻是來自將想像化為力量的顯現裝置。對真那來說，在腦海裡描繪出「迅速移動」的畫面就是她的動作吧。

真那來到繭的附近，一邊提高隨意領域的防禦力，一邊慢慢伸出手──將偵測裝置貼在它的表面。

「呼……沒發生什麼事呢。」

「謝啦，小真真。好了，來看看裡面是什麼情況～～」

二亞說著當場坐下，從後背包拿出筆記型電腦型終端機，將它打開。精靈們聚集到二亞的背後，探頭看終端的螢幕。

不過即使二亞敲打鍵盤，螢幕依然如沙塵暴般「沙沙」地充滿雜訊。

「嗯～～……不行嗎？那這次換這個方式……」

就在二亞搔著頭敲打鍵盤時──

「──呵呵呵，妳不是無所不知的精靈嗎？真是令人同情啊。」

一名少女降落在她前方。

綁成左右不均等的頭髮，時鐘左眼，還有——身穿哥德蘿莉風洋裝與修道服結合在一起的靈裝。

「狂三！」

琴里不由自主地呼喚她的名字。

沒錯。出現在那裡的，正是人稱最邪惡精靈的少女，時崎狂三本人。

不過覆蓋她身體的靈裝與她平時穿的不同。並非完全狀態的靈裝，而是限定靈裝。而且設計方面看起來也跟平常的不一樣。

「妳這副模樣是……」

「哥德蘿莉加十字架……十字架？唔……」

「理解。耶俱矢被戳中好幾個點吧。」

「…………」

看見狂三的裝扮後，精靈們妳一言我一語地呢喃道。真那一臉不悅地瞪著狂三，但看來並沒有打算在這裡挑起事端。

狂三也似乎沒有要與琴里等人敵對的意思。就憑她剛才把靈力託付給士道，姑且可以相信她吧。雖然不是完全清楚她的意圖，但實際上都是多虧了她，士道才有能力與澪抗衡。

狂三看見琴里五味雜陳的表情和其他精靈的模樣後，嘻嘻嗤笑，接著慢慢舉起右手。

然後，呼喚。

她的——天使之名。

「——〈囁告篇帙〉。」

「什麼……！」

聽見狂三說出的天使之名，二亞瞪大了雙眼。

不過，這也難怪。畢竟那原本是二亞擁有的天使。

狂三舉起的手中出現一本巨大的書籍。那本書自動翻開後，紙面顯示出閃閃發光的文字。

二亞見狀，發出哀號般的叫聲。

「嗚哇～～！真的假的啊，三三，妳竟然真的操縱〈囁告篇帙〉喔！不對，既然妳從那個缺德社長身上搶走了我的靈魂結晶，當然能操縱吧。但就雙重的意義而言，我的立場要往哪兒擺啊？喪失自我了啊！」

「安靜一點。這天使我第一次操縱，讓我集中精神。」

「唔唔……這就是被人橫刀奪愛的感覺嗎？太不甘心了……」

二亞刻意摟住自己的肩膀，身體一顫一顫地發抖。

琴里不理會她，望向狂三。

「——所以，士道的情況怎麼樣？」

「士道……嗯，看來是平安無事。」

「「……！」」

聽見狂三說的話，精靈們的表情瞬間變得明亮。琴里雖然盡可能不把情緒表現在臉上，但依然鬆了一口氣。

然而就在這時——

「……這是……？」

移動視線閱讀〈囁告篇帙〉紙面的狂三微微皺眉，如此低喃。

◇

——起初感受到的，是炎熱。

宛如在鐵板上被燒烤的炎熱。

緊接著是光。即使雙眼緊閉，強光依然刺激著視網膜。

「嗯……」

士道輕聲呻吟，並且轉動身軀，這才終於體認到自己呈現仰躺的姿勢。

在混濁的意識中產生一股異樣感——自己是睡糊塗了嗎？還是在作夢？在半夢半醒的感覺中

湧現的各種思緒慢慢變得清晰，花了整整數十秒，士道的意識才清醒過來。

「對了，我——」

中斷的記憶又連接起來。

狂三將靈力託付給自己——自己為了封印澪的力量，吻了她。

「……！」

想起這件事的瞬間，士道猛然睜開眼睛彈起來。

——然後怎麼樣了？澪呢？狂三呢？大家呢？為何自己會仰躺在地？這裡是哪裡？從剛才起就一直灼燒身體的炙熱到底是什麼？在自己失去意識的期間，究竟發生了什麼事——

「……………………啥？」

思緒排山倒海般湧來，然而脫口而出的卻僅僅只有一個字的困惑。

不過，倘若別人遇見同樣的狀況，肯定也會做出跟他類似的反應。

因為四周的風景——只是一望無際的平靜海邊。

既不是在空中，也不是在〈佛拉克西納斯〉上，更不是澪創造出來的黑白空間。絲毫不見巨大花形及大樹形狀的天使，以及精靈們的蹤影。四周是一片汪洋大海，與清朗高曠的天空。震動鼓膜的，頂多只有潮來潮往的海浪聲與偶爾響起的黑尾鷗的叫聲。

「這裡是……」

說到這裡，士道才發現——這片風景十分眼熟。

沒錯。這裡便是士道與令音約會的海岸。

不過，並非全部都與記憶中的景色相同，有些部分看得出些微的差異。

防波堤是新的，消波塊的數量稀少，感覺大海特別澄澈。

重點是——季節不同。

二月的寒空與有些凝重的冰冷空氣已不復見，反倒是初夏般的陽光普照四周。

就好比——

「……小士。」

「嗚哇！」

當士道正在思考的時候，突然有人出聲攀談，嚇得他肩膀一抖。

他手撐在沙灘上，循聲望去，便看見令音打扮清涼站在那裡。

「令、令音……！」

士道不由得發出變調的聲音。

不過，這也是理所當然的事。直到剛才還展開激烈攻防的對象突然出聲叫喚自己，不嚇到才奇怪吧。

而且——還有一個令士道瞪大雙眼的理由。

因為站在那裡的不是「澪」，而是士道的副班導兼〈拉塔托斯克〉分析官的「令音」。

「這、這到底是怎麼回事啊……其他人呢？〈佛拉克西納斯〉呢……？」

「……把手給我。」

令音沒有回答，只是這麼說，然後伸出手。

「咦？喔，好……謝謝妳。」

儘管知道自己的反應有多麼傻愣，士道還是抓住她的手，站了起來。

想必這個奇妙的空間是令音創造出來的吧——但看她的樣子，不像對自己有惡意。

況且，重點是也不太清楚為何她現在要以令音的模樣出現。她剛才分明與爬出狂三身體的澪合而為一，變成完整的姿態了啊——

「——喂～～這邊、這邊！」

就在這時——

背後傳來的聲音打斷了士道的思緒。

循聲望去後，他看見沙灘上有一名朝這裡揮手的少女，與站在她身旁的少年。

「什麼————」

士道看見兩人的模樣後，屏住了呼吸。

不過，這也理所當然。因為——那幅光景就是如此異常。

首先是揮手的少女。她是個年約十六歲的可愛女孩，頭戴寬簷草帽，身穿純白連身洋裝。長髮編成鬆鬆的三股辮，揮手時辮子的尾端就跟著搖來晃去。

——澪。看到她的模樣的瞬間，士道的腦海裡浮現出這個名字。

不會錯。站在那裡的，正是初始精靈崇宮澪本人。

「咦……」

士道不禁望向身旁的令音。她的存在感不像是幻影或妄想。理應是同一人的「澪」和「令音」，如今卻分別存在於那裡。

不過如果只是這樣，士道倒不至於如此吃驚。雖然不知道她們為何分開成兩個身體，但士道早已清楚澪和令音能一分為二，宛如分身般共存。

令士道真正感到驚愕的是澪身旁的少年。

——身穿清涼的夏服，五官中性的少年。他站在澪的身旁，一臉有些難為情的靦腆表情望向士道。

士道看見他的容貌後，啞然失聲。因為他的長相——是士道在這世上最熟悉的樣子。

「那、那是我嗎……？」

士道怔怔地吐出這句話。

沒錯。站在那裡的少年與士道如出一轍——不，用這個詞彙還不足以形容，兩人的長相簡直

是「一模一樣」。

霎時間，彷彿陷入看見分身的錯覺。就是都市傳說或怪談中所說，與自己長相一模一樣的人。據說看見另一個自己，不久後便會喪命……士道之前早已死過好幾次，出現這樣一個人，或許也沒什麼好大驚小怪的。

——不過不久後，士道便猜出他的真正身分。

「不……不對。你是——」

士道凝視著另一個自己的臉龐，輕聲呼喚他的名字：

「——小士。崇宮真士……嗎？」

士道如此說完，少年便莞爾一笑，輕輕點了點頭。

「沒錯。我們這樣算是……初次見面吧？」

說完，真士微微聳了聳肩。

士道自己說他是真士，卻依然搞不清楚狀況，一臉困惑地皺起眉頭。

「這……到底是怎麼回事？這裡又是……」

士道呆愣地呢喃後，令音便輕啟雙脣回答：

「……看來，好像是利用〈輪迴樂園〉形成的空間。」

「妳說看來……這個空間難道不是令音妳創造出來的嗎？」

「……大概是吧。至少確實是基於我的力量所造成的現象沒錯。不過……老實說，我沒什麼印象。」

「妳這是什麼意思……」

士道詢問後，令音便用指尖觸碰自己的嘴脣，接著說：

「……那時，你吻了我吧？」

「……對。」

令音突如其來的發言令士道心頭一顫，但依然點頭回答。那是事實。澪肩膀的觸感和雙脣的柔軟都還很鮮明。

「……共享的記憶似乎因此透過路徑重現了。我想應該是當時為了創造出更接近記憶的狀態，才將『我』和『澪』，『士道』與『小士』的意識切割開來吧。」

「原……原來如此。不過，這麼做究竟有什麼含意……」

士道有些困惑地問道，澪突然牽起士道和令音的手。

「有什麼關係嘛——別管那個了，我們來玩吧？難得來到海邊。」

她如此說完，臉上浮現天真無邪的笑容。

她的表情絲毫不見先前的險惡與執迷之色，宛如恢復成三十年前——真士死前的澪那樣。

「咦？呃，我……」

士道連忙打算說下去，但澪用力拉著他的手，半強制地阻止他說話。

◇

「DEM艦隊，幾乎被〈神祇〉殲滅。」

「出現在各地的〈幻獸．邦德思基〉被精靈們全部擊破！」

「〈神祇〉形成吞噬五河士道的力場！」

〈拉塔托斯克〉空中艦艇〈烏魯姆斯〉的艦橋上交錯著各式各樣的報告。令人眼花撩亂的戰場情勢，捷報與噩耗交雜的混亂通知，情報如暴風襲來，難以徹底掌握。

不過，那些情報最後全彙整成一個報告。

「——〈神祇〉以外的精靈——全都平安無事！」

聽見這個消息後，便傳來〈烏魯姆斯〉所有船員鬆了一口氣的聲音。

想必每個船員都認為自己吐得特別小聲，不會打擾到別人，但因為艦橋上有好幾名船員同時吐氣，結果聲音變得特別大，傳到了伍德曼耳裡——於是船員們趕緊清清喉嚨好掩飾過去。

伍德曼聽了這一連串的聲音後，莞爾一笑。

「——看來我失去了慷慨赴義的機會呢。沒想到〈夢魘〉竟然會討伐艾克。」

「是啊。必須感謝她才行呢。」

站在伍德曼背後的嘉蓮語氣沉著地如此回答。雖然她的語調如鋪設過的道路般平坦，但與她交情已久的伍德曼能感受到她打從心底感到安心，而且無比欣喜。

話雖如此，也不能疏忽大意。因為事情還沒有結束。

「〈神祇〉的狀況呢？」

「——是。目前正在調查……還不清楚詳細情形。等〈佛拉克西納斯〉一有消息，便立刻向您報告。」

位於艦橋下段的船員回答伍德曼的問題。「好，拜託你了。」伍德曼說完，望向主螢幕顯示出的球體。

表面光滑，如繭一般的物體。雖不知〈神祇〉是基於什麼樣的想法形成那種東西，但在確認她以及一起被吞噬的士道是否安全之前，這場戰役就不算結束。

「若兩人都平安出來是再好不過……但能否如願以償呢？」

伍德曼摩娑著鬍鬚說道，然後迅速瞇起眼睛。

因為這個戰場上除了〈神祇〉，還剩下另一個懸而未決的事情。

「那麼，艾克——威斯考特呢？」

「是。艾薩克·威斯考特被〈夢魘〉奪走靈魂結晶後，與艾蓮·梅瑟斯和阿爾緹米希亞·阿

休克羅夫特一起離開戰場，一百二十秒後反應消失。我想應該是已經逃亡或潛伏在地上某處。」

一名船員盯著個人螢幕說道，抬起頭。

「當然，我們正在警戒艾蓮．梅瑟斯與阿爾緹米希亞．阿休克羅夫特奇襲……但既然失去靈魂結晶，艦隊也全軍覆沒，那麼艾薩克．威斯考特已經造成不了多大的威脅了吧？況且……他的傷勢，可能已經死亡。」

聽見船員說的話，伍德曼「唔嗯」地吐了一口氣。

「會這樣嗎……不，你說的對。聽你這麼說，他完全是敗軍之將。姑且不論會有因為他的死而振奮的部下拋頭顱灑熱血，搖旗吶喊地攻過來，他本身應該不可能再有任何作為了。」

──「不過──」伍德曼繼續說：

「艾薩克．威斯考特這個男人，絕不會善罷甘休──我心中不停湧現不祥的預感。那個天才不可能就此落幕。」

伍德曼說完，船員大概是察覺到他那非同小可的模樣，嚥了一口口水。

「了、了解。我立刻搜索──」

就在船員說到這裡的瞬間，〈烏魯姆斯〉的艦橋響起震耳欲聾的警報聲。

「發生什麼事了？」

嘉蓮以冷靜至極的聲音詢問船員。於是，船員確認螢幕上的數值後，發出「噫」的聲音，一時說不出話來。

「這是……靈波反應！〈佛拉克西納斯〉附近產生了非常巨大的靈波反應！」

「你說什麼——」

這時，嘉蓮止住話語。

「…………」

不過，伍德曼十分清楚理由是什麼。

她也是一名純正魔法師，大概跟伍德曼有同樣的感受吧。然後想起——這種感覺似曾相識。

「艾略特，這該不會是……」

「嗯，沒錯——是精靈術式。」

聽見嘉蓮說的話，伍德曼露出嚴肅的表情點了點頭。

沒錯。不會錯。不可能弄錯。

這股濃密的魔力奔流——跟三十年前伍德曼他們製造出初始精靈時是同一種。

◇

「呼……！呼……！」

「要、要不要休息一下，澪……」

額頭冒著斗大汗珠的士道與真士在澄澈的青空下，上氣不接下氣地懇求道。

不過，這也難怪。畢竟士道與真士從剛才就網羅所有海邊能做的事，一路玩遍了海水浴、堆沙堡、海釣、敲西瓜，甚至是沙灘排球。

乍看之下是感情融洽的四人組，或是三名高中生與帶隊的老師。

——抑或是，兩對情侶在雙重約會。

「啊，抱歉。我玩得太開心了……」

「……說的也是。那就稍微休息一下吧。」

澪和令音如此說道，同時彈了一個響指。

於是，類似光粒的物體從四周集中在一起後，沙灘上便出現了露營用的桌椅，以及大型遮陽傘，桌上還擺放著冰鎮飲料。

宛如魔法的光景。明明剛才已經見識過她們變出釣竿和西瓜了，士道還是吃驚得瞪大雙眼。

「真的什麼都能變出來呢……」

「……〈輪迴樂園〉中是極小的『鄰界』，是能靠意志力在現實中起作用的世界。巫師的隨意領域要引發現象十分吃力，但在這裡卻能讓物質化為形體。小士——不，士道，你也擁有靈力，只要習慣，應該也能做到才對。」

令音改變稱呼，如此說道。畢竟真士就在這裡，稱呼士道為小士會搞混吧。

「是這樣嗎？」

「咦！那我也做得到嗎？」

真士雀躍地詢問。不過，令音面有難色地將手放在下巴。

「……這我就不知道了。士道封印了精靈的靈力，但小士你說起來就是普通人。這要看重現時是怎麼把你分割出來的吧？」

「這、這樣啊……」

真士垂頭喪氣，以有些羨慕的眼神望向士道。

「……有靈力真好……你也是我，分一半給我吧？」

「咦咦……」

士道臉頰流下汗水苦笑後，真士便懇求般步步逼近。

「拜託啦～～分我〈囁告篇帙〉、〈刻刻帝〉、〈封解主〉、〈贗造魔女(Haniel)〉和〈破軍歌姬(Gabriel)〉就好了～～」

「竟然把戰鬥類的天使都留給我！」

大概因為是從士道分割出來的存在，真士也清楚一些關於天使的知識，準確地選擇方便使用的天使。士道忍不住大叫出聲後，真士便「啊哈哈」地笑著張開手掌安撫士道。

「我開玩笑的啦，開玩笑。話說，難得她們兩人特地為我們準備這些東西，來休息吧。我好渴喔。」

「嗯……說的也是。」

士道如此回答後，便往沙灘上出現的椅子上一坐，拿起時尚的玻璃杯，將裡頭色彩充滿熱帶風情的果汁灌入喉嚨。

果實清爽的酸甜滋味逐漸滲透乾渴的身體。士道將果汁一飲而盡後，用力吐了一口氣。

「「噗哈……！」」

怎麼感覺聲音重疊了。望向桌子對面，真士露出和士道相同的表情，望向這裡。

「呵呵。」

「……簡直像在照鏡子一樣呢。」

澪和令音見狀，莞爾一笑。士道有些難為情地移開視線……不過，真士也同時做出一樣的動作。

……畢竟本來是同一個人嘛，細微的小動作會相似或許也是無可奈何。

就在士道思考著這種事情的時候，桌子對面傳來「咕嚕……」的可愛聲音。

「啊哈哈，肚子在叫了。」

說完，澪輕聲笑道。大概是因為喝了飲料，刺激了胃部。玩了那麼多遊戲，肚子當然會餓。

「……嗯，那就來吃點東西吧。」

「嗯。小士和士道，你們有想要吃什麼嗎？」

說完，令音和澪像魔法師一樣，伸出食指在空中畫了一個圈。只要她們的手一揮，任何菜餚都能瞬間變出來吧。

就在這時，真士像是想起什麼似的捶了一下手心。

「啊，對了。澪，妳能變出調理設備和食材嗎？」

「設備和食材？」

「沒錯——士道你也『挺有一手』的吧？」

真士如此說道，眼睛一亮，做出用菜刀切菜的動作。「咦……？」士道眉毛抽動了一下。

「不會吧。你真的想做菜嗎？」

「是啊，難得吃頓飯，一下子就變出來也沒什麼意思吧？剛好有兩位評審，就請她們選出我們哪一個人做的菜比較好吃吧。要做什麼呢……我想想，就做海濱小屋的基本料理炒麵，你覺得如何？」

「好，比就比。你當對手我服氣！」

士道回應真士的提議，站了起來。

澪和令音見狀，看向彼此，開心地微笑後，兩人同時彈了一個響指。

下一瞬間，沙灘上便出現了精美的調理檯和大鐵板，以及各式各樣的蔬菜和肉類。而士道和真士也在不知不覺間穿上了圍裙。

「喔喔……！」

「哈哈……真的好厲害喔。」

士道與真士笑了笑，各自站到調理檯前——開始料理食物。

「嗚喔喔喔喔喔喔喔！」

「喝啊啊啊啊啊啊啊！」

兩人發出裂帛般清厲的吶喊聲，一邊切起高麗菜和紅蘿蔔。其實根本沒必要吼叫，但就是營造氣氛嘛。

然後以流暢的手勢在鐵板上抹油，放上蔬菜、肉和麵後，用醬汁調味。

不久後，士道與真士雙方幾乎同時完成料理。

兩人將炒麵裝盤後，端到令音和澪面前。

「……喔喔～」

「哇啊……！」

兩人聞到撲鼻而來的醬汁香味，發出讚嘆聲，仔細端詳兩盤炒麵來做比較。

「……外觀幾乎一模一樣呢。兩邊看起來都好好吃喔。」

「嗯。而且小士和士道幾乎就是同一個人，應該差不了多少吧？」

她們說出這種本末倒置的話。

不過，士道與真士勾起嘴角，朝兩人張開雙手。

「那可不一定。總之，趁熱吃！」

「好好享用吧！」

士道與真士說完，令音與澪便合掌說：「我要開動了。」接著依序品嚐炒麵。

「……唔嗯，真好吃。」

「嗯，好好吃喔。」

不久，兩人品嚐完雙方的炒麵，四目相交，不約而同地點點頭。

士道與真士憑兩人的舉動便明白她們已有結果。

「好了……那麼！」

「請告訴我們哪一方做的比較好吃！」

士道與真士有些緊張地說完，令音與澪便拿起桌上不知何時出現的答案牌，同時揭曉。

——兩人的答案牌上都寫著「士道」這兩個字。

「好耶！」

「怎麼會————！」

士道握拳擺出勝利姿勢，而身旁的真士則是跪倒在沙灘上。士道看著這幅情景，微微一笑。

「——真士，你還不明白嗎？因為你不懂得運用鐵板。」

「你、你說什麼……！」

真士猛然抬起頭。士道一邊擺動鏟子一邊接著說：

「你的廚藝也很精湛。如果這是用平底鍋來一決高下，結果可能會平分秋色。不過，若是用鐵板來炒麵，不利用鐵板的大面積一根一根地炒麵就太可惜了。一根一根地炒，會炒出外酥內Q的口感。」

「什麼……可是，日常生活中怎麼可能用到鐵板！你到底是在哪裡學到這種技術的……！」

真士戰慄地瞪大雙眼。士道「呼！」地吐了一口氣。

「——你太天真了。你以為我平常是給幾個精靈做飯啊！我甩鍋的次數，你遠遠趕不上！」

「唔啊啊啊啊啊啊啊啊啊啊——！」

士道用手指向真士高聲說道，真士便按住胸口，仰倒在沙灘上。

令音和澪看著兩人的互動，一臉納悶地歪過頭。

「……你們兩個不吃嗎？」

「要冷掉了喔。」

「啊，好。」

士道

「我要開動了。」

士道與真士端正姿勢後解開圍裙，吃起彼此的炒麵。

「嗚哇！外酥內Q……的確很好吃呢。」

「對吧？嗯，不過真士你炒的也十分美味呢。」

「喂、喂，憐憫有時是很殘酷的。可惡～～沒想到竟然會輸給自己……」

真士不甘心地扭動著身體低吟。於是，澪將手擱在他的肩膀上安慰道：

「打起精神來。我喜歡小士你炒的炒麵喔。」

「澪……」

真士雙眼濕潤，然後立刻「嗯？」地皺起眉頭。

「可是澪，妳不是選擇了士道嗎？」

「咦？因為你們說要選好吃的啊。」

「…………」

聽完澪說的話，真士面帶笑容趴在桌上。

「還真是不留情面呢……」

純真有時是很殘酷的。士道微微聳了聳肩苦笑。

這時，吃完炒麵的令音放下筷子，呢喃：「我吃飽了。」然後望向這邊。

「……好了，那麼這次換我們請你們吃東西吧。難得來到海邊，吃刨冰怎麼樣？」

「啊，好耶。你們兩個要什麼口味？」

澪歪著頭詢問。士道與真士毫不猶豫地同時回答：

「那我要草莓口味的。」

「那我要哈密瓜口味的。」

聽見對方的回答，士道與真士深感意外地瞪大雙眼，望向對方。

「啊，原來真士你是哈密瓜派喔。」

「嗯，不是一定要吃哈密瓜啦，但是從以前我就常吃哈密瓜口味的。倒是士道你愛吃草莓口味的啊？」

「因為琴里喜歡草莓口味，經常跟她一起吃，自然而然就會選草莓口味了。不過，刨冰的糖漿只是顏色跟香氣不一樣，味道基本上都差不多吧。」

「咦，是這樣嗎？這樣就能感覺吃到不同的口味，還真有趣呢。」

這時，士道與真士「嗯？」地歪過頭。

理由很單純。因為令音和澪擺出一副感慨萬千的表情，看著兩人對話。

「……嗯？」

「澪，怎麼了嗎？」

士道與真士詢問後，令音與澪便同時垂下視線。

「沒什麼。」

「……沒事。話說，你們看。」

說完，兩人彈了一個響指。

於是桌上出現了四杯閃閃發亮的刨冰。

「來，請吃。」

「……請享用吧。」

「喔喔！」

「我要開動了！」

士道與真士同時合掌，將刨冰送入口中，同時感到一陣頭痛，把手放在額頭上。

「唔～～……！」

「好冰啊～～！」

看見兩人的模樣，令音與澪互相嘻嘻嗤笑後，開始將刨冰送進嘴裡。順帶一提，令音選擇的糖漿是草莓口味，而澪則是選擇哈密瓜口味的樣子。

「呼……」

十幾秒後，頭痛終於平息。士道輕輕吐了一口氣，看了一下吃刨冰吃得津津有味的令音和澪後，再次環顧四周的景色。

一望無際的大海；毒辣的陽光。季節是初夏。感覺從剛才開始玩了四五個鐘頭，太陽卻完全沒有西斜的跡象。

沒錯，宛如截取了真士與澪來到這片大海的瞬間，永遠持續下去的狀態。

況且據令音所說，這個〈輪迴樂園〉裡的時間流逝與外面的世界不同，外面似乎頂多只過了數分鐘罷了。

當然，士道也十分清楚現在不是玩耍的時候。雖然擊退了威斯考特，但精靈們還在外面的世界等待士道歸來。就算外面才經過沒多久時間，但也不能以此為藉口。

可是，士道還沒達成目的。而且——

「…………」

士道瞥了澪一眼。

她那副打從心底開懷地與真士談笑的表情，教人怎麼好意思拒絕她的邀請。這一點也是不折不扣的事實。

話雖如此——士道卻強烈感覺到自己對澪的感情跟被吞噬進這個空間前有所不同。

不，自己還是一樣認為澪很可愛，也很喜歡她。

不過，士道如今的感受明顯與先前那種詛咒般的戀慕之情有所差異。

不僅如此，身為真士時的記憶也是一樣。被〈輪迴樂園〉吞噬前，真士強烈得就快要支配自己行動的意念，如今卻平靜無波。

當然，他依然擁有三十年前的記憶——總歸一句話，就是「實際感受」變淡的感覺。

「……沒有身為小士時的實際感受——嗎？」

「——！」

令音冷不防的發言，令士道肩膀微微一顫。

真士與澪在桌子對面歡笑。為避免打擾到他們，士道壓低聲音回答：

「……這個空間還能讀取別人的心思嗎？」

「……不，我只是從你的表情猜測……想說你應該也有跟我一樣的感受。」

「咦——？」

聽見令音說的話，士道不禁瞪大了雙眼。令音悄聲接著說：

「……大概是在一分為二時，身為『澪』的感情被那邊的澪帶走了吧。記憶當然還在……只是，該怎麼說呢，感覺很奇妙，就像真的成了『村雨令音』一樣。」

「令音……」

士道呢喃般說完，再次望向真士和澪。

他突然想起剛才的料理對決。士道獲勝的那場比賽。就如同士道自己所說，因為有精靈們的存在，他才能贏得那場勝利。

不只是剛才那場比賽。士道與真士或許本來是同一個人沒錯，但過往的人生中經歷過的各種事物與認識的人會造就一個人的人格。

兩人絕不是同一個人。如此理所當然的道理，士道現在才領悟到。

而那一定是——

「…………」

士道緊咬嘴脣，深呼吸了幾秒——毅然決然地開口說道：

「……欸，澪、真士。」

「嗯？怎麼了，士道？」

「幹嘛？接下來要來比炒飯嗎？這次我可不會輸喔。」

澪歪了歪頭，而真士則是擺出戰鬥姿勢說道。

士道苦笑著回答：「不是啦。」然後瞥了令音一眼，繼續說：

「要不要稍微……散個步，消化一下？」

聽見士道的提議後，真士與澪四目相交後點頭答應。

——一望無際的海邊描繪出四人的足跡，不久後被海浪抹消。

每當這個時候，腳下便會產生冰冷的觸感，微微陷入沙子裡。

傾瀉而下的陽光；輕撫臉頰的海風。兩者化為一體，給予士道夏天來臨的感受。

唯有此處才有的偽造的夏天。

「嗯——」

走在前方的澪深呼吸般大幅伸展身體。

「真的——好舒服喔。呵呵，得感謝帶我來這裡的小士呢。」

澪說完，走在她身邊的真士欣喜萬分又有些難為情地露出微笑。

「妳喜歡就好。要找景觀優美的地方還真不容易呢。太遠的地方又沒辦法去——在士道你這個時代有智慧型手機吧？好詐喔，無論何時何地都能收集整個世界的資訊，未免太方便了吧。」

真士開玩笑地說道，聳了聳肩。士道露出複雜的表情苦笑。

「……士道。」

這時，身旁的令音壓低聲音呼喚他，彷彿察覺到他的感受。士道輕輕點了點頭，以只有令音聽得到的微弱聲音回答：「我沒事。」

澪與真士繼續在沙灘上刻劃下足跡，絲毫沒有察覺後方的對話。

「——啊，我一直很想玩玩看那個，煙火。說到海邊，就是煙火吧？三十年前來的時候，我們傍晚就回去了，沒玩到。」

「我、我也沒辦法啊。傍晚不回去的話，回到家會太晚。真那會擔心，還會胡思亂想……」

「呵呵，反而有種留到以後嘗試的樂趣──我也想潛水、烤肉。等一下我、小士、令音和士道一起去街上逛逛吧？啊啊，一定很好玩──真希望這段時光永遠持續下去。」

澪聲音雀躍地如此說道。

那副模樣看起來真的十分開心──可以看出她是真心如此期望。

所以士道隔了一拍才能回應她這番話。

「──嗯，就是說啊。」

可是，非說不可。士道緊握拳頭，接著說：

「可是……不會永遠持續下去。對吧……澪？」

「──────」

瞬間。

澪踏著緩慢的步伐走在沙灘上的腳步停了下來。

數秒後，澪回頭望向士道和令音，旋即露出有些落寞的笑容說：

「──抱歉，逼你說出來。」

「澪……」

站在澪身旁的真士以沉重的語氣呼喚澪的名字，打算觸碰她的肩膀，不過卻在快要碰到時停住，咬著嘴脣把手放下。

真士也和澪一樣察覺到了。當然——令音也是。

所有在〈輪迴樂園〉裡的人都察覺到了這件事，只是無法說出口。甚至連士道也希望——此時此刻永遠不要結束。

不過，遲早必須有人拉下布幕。

既然如此，那肯定是士道的職責。

士道垂下視線，隨即毅然決然地再次開口：

「……一開始與令音接吻後，澪的記憶透過路徑流進我的腦海。起初我並不知道那是什麼，也不清楚那究竟意味著什麼。可是，我終於明白了。」

士道擦拭盈眶的淚水，凝視澪的雙眼。

「澪，你為了讓死去的真士復活，重新誕生出我來，對吧？」

「……嗯。」

澪點了點頭。

沒錯，那便是澪長達三十年的願望。

將過去死去的愛人改造成長生不老的生命。這只有上天才能做出的行為，簡直符合了她〈神祇〉之名。

「這一點沒錯。那是妳的願望，妳的期盼。可是……不只如此。因為因此誕生的真士並不是真正的真士。」

「…………」

聽見士道說的話，真士望向士道，不過一語不發。

因為真士也明白自己是從士道的記憶中切割出來的，虛構的真士。

而澪自己應該也清楚這一點才對。

一開始士道以為她是被逼到就算清楚這點也只能緊抓住這一絲希望。

她應該是想就算不是真正的真士，只要擁有真士容貌和記憶的贗品存在，就能填補內心的空洞吧。

實際上，也的確是如此沒錯吧。

不過，親吻令音的士道卻想到另一種可能性。

澪為何賜予士道封印靈力的能力——甚至可說是精靈天敵的能力？

士道心中產生了這個疑問。

當然，其中一個理由是為了分割對人體而言過於強大的靈力，再將靈力轉讓給士道。

為此澪犧牲了無數名少女，直到讓士道變成和精靈一樣的狀態。

不過——

「我不知道妳自己有沒有發現，不過，我以第三者的角度看了妳的記憶……所以發現了一件事。」

（我只有你。失去你，我活著又有什麼意義？）

士道的腦海裡響起澪的聲音。

（我不像人類那樣脆弱。即使渴望死去，也無法如願以償。）

他勉強撐住就要無力頹倒在地的膝蓋——開口。

「——澪，妳是『為了創造出能殺死自己的存在，才生下我的』。」

聽到這句話——

「…………」

澪無言以對——只是露出悲傷的笑容。

◇

「——所以，士道怎麼樣了，狂三！」

「那裡面究竟發生了什麼事？士道是跟澪在一起嗎？」

「呀～～！那樣太詐了～～！為什麼不讓人家一起進去嘛～～！」

「咦？妳該不會不知道吧？妳不知道嗎，三三？果然不熟悉的天使不好操控吧？那麼，妳乾脆在這裡把囁告篇帙還給我如何？」

「請、安、靜！」

利用書之天使〈囁告篇帙〉探查藺內情況的狂三聽見周圍的噪音，忍不住扯開嗓子大喊。

瞬間，〈佛拉克西納斯〉外殼上擴大的影子中跳出無數分身，剝開聚集在狂三周圍的精靈們。狂三胡亂搔了搔頭，並且嘆了一口氣。

因為〈拉塔托斯克〉的精靈們在狂三開始調查後就聚集在她身邊，又是吵鬧大叫，又是企圖掀她的裙子，做的舉動怎麼想都是在妨礙她。

「我明白妳們擔心士道，但請妳們稍微閉上嘴！我會分心！還有美九！妳不要趁亂試圖從後面掀我的裙子好嗎！」

狂三發出怒吼後，精靈們便一臉抱歉地點了點頭。「我知道了～～……既然狂三妳都說到這個份上了，人家只好從前面掀了～～」因為有精靈脫口說出這番話，狂三便命令分身對她使勁施展摔角的固定招式。

「痛痛痛痛痛！」

「真是的……我終於體會到妳有多麼耗費心力了，琴里。」

「那還真是多謝妳的諒解了。」

狂三說完，與真那和七罪她們待在不遠處的琴里臉上浮現乾笑，如此回答。年紀雖輕，散發出來的氣息卻很老成。可想而知，她平日有多辛苦。

狂三再次嘆息後，重新閱讀〈囁告篇帙〉紙面上浮出的文字。

多麼奇妙的感覺。用手指撫摸發光的文字，文字所表示的光景便會在腦海中重現。而且，可以在這種狀態下得知存在於這世界的所有事情。原來如此，這違背常理的能力確實堪稱無所不知的天使。

「——士道、澪……還有村雨老師……跟另一個士道……？四人在海邊——風景就類似位於這正下方的海岸。」

狂三將腦海裡顯示出的畫面斷斷續續地化為語言說出口。精靈們露出又驚訝又納悶的表情。

「唔……汝曰有兩名郎君？」

「真是……不可思議。」

「咦，而且澪跟令音是兩個個體……這繭是有增殖效果嗎？」

「等一下……我也不知道。我來搜尋造成這種局面的原因——」

就在狂三打算要求〈囁告篇帙〉提供新情報的瞬間。
「「——！」」
位於〈佛拉克西納斯〉外殼上的精靈們和真那同時肩膀一震，瞪大雙眼。
當然，狂三也不例外。她停下撫摸〈囁告篇帙〉紙面的手指，反射性地環顧四周。
理由很單純。因為在這艘〈佛拉克西納斯〉的附近突然產生了驚人的靈力。
順帶一提，似乎只有失去大部分靈魂結晶的二亞沒有察覺，但她看見大家的模樣後，立刻佯裝出自己也感覺到了什麼的模樣。
「這——是什麼……！」
「靈波……！究竟是從哪裡發出的？」
「……！大、大家，妳們看那個……！」
四糸乃像是發現什麼似的高聲吶喊。其他精靈反射性地望向四糸乃所指的方向。
然後，同時屏住了呼吸。
緊貼在〈佛拉克西納斯〉側邊飄浮的小型空中艦艇〈蓋迪亞〉。
不知不覺展開它的外殼，發射出帶有濃密靈力、靈光四濺的光芒。
「那是——」
「〈蓋迪亞〉……！」

精靈們發出驚愕聲。

不過，這也是理所當然的事。威斯考特受了致命傷，艾蓮與阿爾緹米希亞帶著他一起逃亡。照理說，應該沒有人搭乘〈蓋迪亞〉才對。

該不會打不贏就認為至少要帶精靈們同歸於盡，而啟動自爆裝置吧。那些巫師心腸那麼壞，也不無可能。狂三憤恨不平地皺起眉頭。

「呼——！」

「嘖——」

下一瞬間，有兩道影子穿過狂三的視野——是折紙和真那。看來是判斷放任〈蓋迪亞〉不管會有危險而前去排除吧。不愧是前AST，判斷的速度快得令人崇拜萬分。

不過——

「唔……！」

「什麼……！」

兩人並未攻擊到〈蓋迪亞〉。因為折紙與真那在快要抵達〈蓋迪亞〉時，被人擋住了去路。

「——沒用的。術式已經發動，沒有人阻止得了。」

「抱歉喔。不過——你們好像沒戲唱了。」

阻擋兩人去路的便是從天空彼端現身的DEM巫師，艾蓮·梅瑟斯與阿爾緹米希亞·阿休克羅夫特。

「艾蓮、阿爾緹米希亞……！」

認出兩人的琴里表情染上驚愕之色。

此時，某處響起第三道聲音。

「——啊啊，五河士道。我相信你一定會阻止〈神祇〉。」

「……！這個聲音是——」

狂三皺起臉，瞪視〈蓋迪亞〉的方向。

於是，一道發出光芒的人影從〈蓋迪亞〉的後方慢慢走向前。

——那便是胸口留著血跡的艾薩克·威斯考特。

「威斯考特……！」

彷彿回應這句呼喚聲，威斯考特笑了笑。

然後說出——毀滅性的一句話。

「——高興吧，各位。妳們將目睹第二名初始精靈的誕生。」

第五章 然後她的選擇

悄無聲息——

時光悄無聲息地流逝。

以〈輪迴樂園〉形成的極小鄰界，重現真士與澪回憶之海的虛構空間。

士道與澪在那如夢似幻的美麗沙灘上默默無言地對峙。

澪的身旁站著真士，而士道的身旁則站著令音，他們兩人也同樣一語不發。

他們兩人都明白必須由士道——或者澪來打破這股沉默。

——因為士道對澪說的話實在太殘酷無情，太具殺傷力了。

如此惡言，不適合對一個為了與愛人重逢，努力不懈了三十年的少女說。假如這句話有具體的形狀，肯定是光觸碰，指尖就會割破的鋒利刀具；要不然就是壓碎一切的鐵球之類的。

不過澪聽見這句話後，既沒有落淚，也沒有暴跳如雷，只是靜靜地微笑。

宛如，承認一切似的。

——就像在表示士道所說的狠毒話語並非一派胡言。

「……能殺死我的存在嗎……」

在這個只聽見微波浪潮聲的空間響起澪的聲音。

「的確……若是我的靈力被封印，就算不至於變成普通的人類——起碼也會變成與現在無可比擬的脆弱存在，甚至有辦法自殺。」

澪像在品味自己的話語般慢慢低喃，不久後吐出一口長氣，同時仰望天空。

「啊啊——或許真是如此吧。我可能一直在期盼有人能殺死我。」

「澪……」

士道發出微微顫抖的聲音呼喚她的名字後，她便以平靜沉著的語氣說：

「我想讓小士甦醒是真的。那是我的願望。為了與那天死去的小士重逢，我活了三十年。」

「可是——」澪接著說：

「——正如士道所說，就此誕生的是否真的是小士，我內心深處一直存在這個疑問……但是沒有其他方法。所以我掩蓋住這樣的不安，始終不敢去正視。我毫無根據地認為只要新的小士誕生，就能消除這樣的心情。」

澪一臉為難地笑了笑。

「……這樣啊。我可能——一直很想死吧。之所以想把小士變成長生不死，也不是無法忍受小士終有一天會死，或許是因為受不了小士死掉時只有自己獨活……啊啊——原來是這樣啊。為

什麼我至今沒有發現這麼單純的事呢？」

澪如此說完背對士道，踏著緩慢的步伐，在沙灘上留下幾步足跡。海浪立刻便帶走了那些足跡。

澪再次停下腳步，深深呼吸了一口氣後，依然背對著士道他們發問：

「所以——你明知如此，還是親吻了我，就表示你打算『殺了我』……對吧？」

「…………」

「——！」

聽見澪說的話，令音微微皺起眉頭，真士則是屏住呼吸。

不過，這也不無道理。士道在預料到這一切的情況下親吻了澪；明知一切，還來到了這裡。

會導出這樣的回答是再自然不過了。

「……沒錯。」

士道點了點頭，澪微微抬起頭回答：

「——是嗎——」

「——妳以為我會這麼說嗎？」

「…………咦？」

聽見士道緊接著說出的話，澪深感意外地瞪大雙眼，回過頭來。

不只如此，連令音和真士也露出類似的表情望向士道。士道凝視著澪的雙眼，繼續說：

「竟然把這麼沒有人性的差事硬塞給我。不好意思，我可不像妳那麼有膽，哪有辦法承擔妳的死啊。」

士道斬釘截鐵地說完，澪便一臉困惑地歪了歪頭。

「……呃，那你是為了什麼？」

「那還用說嗎？我──」

士道豎起一根手指猛力指向澪，宣言般說了：

「──來到這裡，是為了把妳從真士身邊搶過來。」

「──」

聽見士道說的話，澪雙眼圓睜。士道滔滔不絕地接著說：

「多虧狂三，我體內現在蘊含著十顆靈魂結晶。老實說，幾乎跟精靈沒什麼兩樣吧，搞不好能夠封印妳的靈力。不過，封印不等於死亡，除非妳自己選擇死亡──事情就是這樣。嘿嘿嘿，以前的男人就忘了，投入我的懷抱吧，澪。」

士道擺出一副邪惡的表情，還弓起背，盤起胳膊說道。

澪目瞪口呆，愣了一會兒，不久後──

「──呵，呵呵，啊哈哈哈哈哈──！」

開懷地笑了出來。

「你那是什麼樣子啊，一點都不適合你啦，士道。話說，你是說真的嗎？」

「先、先不管適不適合……我是認真的！我是真心打算把妳從真士身邊搶過來！」

「呵呵……是嗎？」

澪做出拭淚的動作，望向站在她身邊的真士。

「……士道這麼說呢。小士，你打算怎麼辦？」

說完，澪玩味地將嘴脣彎成新月的形狀。真士吐了一口氣後，無奈地聳聳肩。

「我有資格說話嗎？我是把自己當作崇宮真士啦，但我只是從士道的記憶切割出來的存在……就好比贗品中的贗品。」

「可是，你的記憶的確是小士的吧？說吧，你的心思應該跟真正的小士一樣——要不然，我可能會被士道搶走喲。」

澪打趣地說完，真士眉尾便抽動了一下。

「是嗎？那我就說嘍——」

真士吸了一口氣後面向士道，睜大雙眼，直言不諱地開口：

「——你這傢伙開什麼玩笑啊！我不說話你當我是啞巴啊！就算是士道我也絕不原諒！我絕～～～～～對不會把澪交給你的！」

「喔、喔喔……！」

真士凶神惡煞的模樣令士道不由得向後退。

士道也十分清楚真士生前有多麼重視澪，但像這樣親眼見證後還是被嚇得魂都飛了。

不過，真士叫囂完後，呼了一口氣，垂下目光。

「……這就是我生前的心情。想搶走澪，門都沒有。我絕不允許——可是……」

真士慢慢張開眼睛，以有些落寞——又帶著疼惜的視線望向澪。

「……我已經，不在了吧？」

「…………」

聽見真士說的話，澪沉默不語。真士走向澪，接著說：

「就算對方是士道（我），我也絕不容許澪選擇我以外的人。老實說，我的心都快碎了——不過，就算如此，我也不希望澪選擇死亡。我還想讓妳見識這世上許多的事物，還有更多地方想帶妳去玩，想讓妳體驗的事情多如牛毛。」

真士慢慢舉起手，按住澪的頭撫摸。

「……這片海很美。能帶妳來這裡，真的太好了……可是，也差不多該去別的地方了——對不起喔，澪，都是我害妳被束縛了三十年那麼久。」

「…………」

澪沒有回答。

真士就像是在表達讓士道代替自己照顧澪似的凝視著士道，然後點了點頭。

士道對真士的意圖瞭如指掌。雖說感覺變淡，但士道也還殘留著真士的記憶。

所以——士道朝澪伸出手。

「澪……！」

「……士道，我——」

澪輕輕抬起頭，想要說些什麼。

然而，就在那一瞬間——

平靜的海岸光景突然閃過類似雜訊的東西，整個世界響起地鳴聲，開始震動。

「……！怎、怎麼回事！」

「嗚哇——！」

面對突然其來的事態，士道不禁屏住呼吸，環視周圍。真士也做出類似的反應，環顧四周。

至今維持樂園般景色的世界突然騷亂了起來。不過，那看起來並不像突然狂風暴雨，或是發生地震那種天災類的現象，而是好比——遊戲畫面發生程式錯誤的光景。

在如此異常的事態中，澪和令音無比冷靜地觀察狀況後看了彼此。

「令音，這是……」

「……嗯，應該沒錯。」

「這、這是怎麼回事啊……」

士道詢問後，令音仰望閃著雜訊的天空回答：

「……是來自外部的干涉。這恐怕是——精靈術式。」

「精靈術式……？」

困惑地反問的是真士。這次換澪輕輕頷首回答：

「嗯。是三十年前，將我——這世上稱為『精靈』的存在創造出來的術式。是匯集散落世界的魔力，產生出超凡生命的魔法奧祕。據我所知，能施展這個術式的……只有威斯考特一人。看來，他似乎還活著。」

「什麼……！」

聽見澪說的話，士道發出戰慄的聲音。

「創造出……精靈？等一下，這代表現在外面有一名新的精靈正要誕生嗎……！而且，還是像澪一樣的初始精靈……！」

士道語帶哀號地說完，澪和令音便同時點了點頭。

「……恐怕是。而且——位於魔力流動中心的，好像是威斯考特。看來他是打算以自己為核心進行術式。」

「威斯考特要變成精靈……！」

聽見最糟糕的發展，士道不禁愁容滿面。士道腦海裡掠過威斯考特在未來世界說過的目的。

——獲得初始精靈的力量，改寫世界。

老實說，聽到這件事時，士道還一頭霧水。不過，現在——在體驗過澪製造出來的這個空間後，他總算是明白了。

若威斯考特擁有形成這個空間的力量，然後將那個空間籠罩整個地球——這種事態確實足以用「改寫世界」來形容。

不知道威斯考特究竟想打造怎樣的世界。不過，他說過這是對人類的復仇。既然如此，不難想像在那個世界，除了魔法師以外的人類會有何種下場。

美其言是新世界，說穿了就是大屠殺。怎麼能容許他做出這種事。

就在這時，真士面有難色地眉頭深鎖，歪頭說道：

「等一下。如果真能做到這種事，他為什麼不早點這麼做？假如能把自己變成精靈，不就沒必要特地收集其他精靈的靈魂結晶了嗎？」

說得對。若是能再次進行誕生出澪的術式，那樣做不是比較快嗎？

於是，令音將手放在自己的胸口回答：

「……他當時沒辦法那麼做。因為要讓術式成功，還缺少某個要素。」

「某個要素……？」

「……沒錯。三十年前，威斯考特舉行術式時，選擇位於歐亞大陸中央的地點。因為那個場所有魔力流動的要衝——也就是魔法、仙術中所謂的靈脈。」

澪緊接在令音的話尾說：

「我因為精靈術式而誕生。不過，當時世界儲存的魔力和靈脈機能也同時被我完全吸收。」

「……沒錯。所以如果要創造出和我同樣等級的精靈，就必須等世界再次形成巨大的靈脈——但那可能要等上好幾百年或是好幾千年。」

「那為什麼現在——」

說到這裡，士道肩膀赫然顫了一下。

大概是從他的反應推測出來了，令音微微點了點頭。

「……沒錯。這裡有『我』這個靈脈——威斯考特似乎是透過我來累積魔力。」

「嗯。〈蓋迪亞〉上好像有安裝術式用的裝置，與三十年前的精緻度截然不同。畢竟現在有顯現裝置，當然會精緻得多吧。」

「什麼……可是，這種事……」

「……嗯。當然，如果不知道我會出現，根本不可能發生這種事。然而如今——卻發生了這種難以置信的事態。」

聽見令音說的話，士道緊咬牙根。

不用想也知道——是因為士道重返過去。

士道試圖拯救大家的行動如今卻使世界陷入絕境。這個事實令士道有種心臟絞痛的感覺。

不過，令音察覺到士道的心思般接著說：

「……你只是想拯救大家，不讓大家被我傷害而已，沒必要自責。說起原因，全都歸咎於我——況且，現在也沒那個閒暇來後悔了吧？」

澪認同令音說的話，望向士道。

「沒錯。怎麼能被那種人利用？而且，我更討厭我跟小士回憶中的世界被改造。」

澪露出五味雜陳的表情沉默了半晌後，豁然開朗般莞爾一笑，接著說：

「……士道，你能助我一臂之力嗎？雖然在未來的世界殺死大家的我說出這種話可能有點可笑——」

澪如此說道，凝視士道的雙眼。

「——我們去拯救大家吧。」

「……！好……！」

士道用力點頭答應。

狀況的確非常絕望。威斯考特獲得初始精靈之力是最令人不堪設想的發展。

——不過，澪說要拯救大家。士道為此感到無比欣喜。

澪面帶微笑，走向真士一步。

「小士。」

「嗯。」

真士似乎單憑上述的對話就明白了澪的意圖。只見他張開雙手，緊緊擁抱澪。

「……我去去就回。」

「……嗯，要小心喔。」

真士如此說完，望向士道。

「士道——澪就拜託你了。」

「——好。」

士道頷首並回答真士。

令音見狀，這次換她像真士那樣張開雙手。

「……士道。」

「咦？呃……」

士道一臉尷尬地視線游移。於是，令音勾了勾手指，像是要他過來。

「呃……那我就失禮了。」

「……嗯。」

士道猶豫不決地走向令音後，令音便溫柔地抱緊士道。

「……謝謝你準備如此美好的約會——你一定沒問題的。」

「令音……」

士道呢喃般說完，也緊緊抱住令音。

暫時像在確認彼此的體溫和心跳，閉上眼睛。

光是這樣，士道就感覺自己的身體充滿比之前更強大的力量。

「——那我們走吧，小士。」

澪說完，這次換她朝士道伸出手。

「——好！」

士道再次點點頭，用力握住她的手。

◇

——夕陽西沉後的幽暗天空布滿了燦爛閃耀的光輝。

宛如鑲上夜空星斗的光芒形成漩渦，逐漸集中成一點。如夢似幻的光景。若是一無所知的人看見這幅情景，肯定會形容那是天神或天使之類的吧。

不過，從〈佛拉克西納斯〉的外殼上看見那幅光景的精靈們臉上浮現的不是敬畏或崇敬——而是戰慄和焦躁之色。

這也難怪。畢竟位於那道光中心的不是什麼天神，而是精靈的仇敵，魔法師艾薩克·雷·貝拉姆·威斯考特。

「呵——哈哈，哈哈哈哈哈哈！哈哈哈哈哈哈哈哈哈！」

威斯考特的大笑聲響徹夜空。

「唔……！」

十香緊咬牙根，用力握住巨劍〈鏖殺公〉的劍柄，朝威斯考特揮舞劍刃。

劍光一閃，發出如雷轟聲，宛如劈開天空似的飛向威斯考特。

然而，那一道甚至能劈開銅牆鐵壁的劍擊，卻在觸碰到包圍住威斯考特的光芒的瞬間，好似消融在空氣中那般煙消雲散。

使出渾身解數的一擊絲毫不管用，簡直就像攻擊顯現靈裝的澪那樣無能為力。十香不甘心地皺起臉孔，從喉嚨發出低吟。

「——別白費力氣了，我的身體已經帶有靈力。而且不是像妳們那種碎片，而是和〈神祇〉同樣根源的力量。」

威斯考特裝腔作勢地張開雙手說完，他的身體便凌空騰起。

「已經沒有人阻止得了我。妳們就在那裡乖乖地旁觀吧——看我完全成為精靈，看這個世界煥然一新的模樣吧！」

「開什麼——玩笑啊！」

十香不屈不撓地揮舞〈鏖殺公〉。擁有致命威力的斬擊劃破空氣。

當然，不只十香。八舞姊妹和四糸乃三人也朝威斯考特釋放風壓彈和冷氣；六喰在空間開啟洞孔，試圖直接封印威斯考特的力量；而美九和七罪則是演奏〈破軍歌姬〉和模仿〈破軍歌姬〉的〈贗造魔女〉，提高其他精靈的力量。

不過即使這麼做，依然無法傷害威斯考特一絲一毫。威斯考特無奈地聳了聳肩。

「這群觀眾真是講不聽呢——艾蓮、阿爾緹米希亞。」

威斯考特說完慢慢舉起手。於是，纏繞在他身上的一部分光芒好似流星般劃過天空，被吸進與折紙、真那刀劍相接的艾蓮與阿爾緹米希亞的胸口。

下一瞬間，艾蓮與阿爾緹米希亞的身體發出朦朧的光芒。

「！這是——」

「哇，好強大的力量……」

兩人吃驚得瞪大雙眼。瞬間，與她們對抗的折紙與真那像是感受到什麼似的跳向後方。

「……！」

「嘖——」

不過，十香也不是不明白兩人做出的判斷。若是十香和她們站在同一個立場，勢必也會採取類似的行動吧。

艾蓮和阿爾緹米希亞如今身上散發出的氣息就是如此不祥，力量濃密得顯然與先前截然不同——就像是威斯考特將力量分給兩人一樣。

威斯考特看見兩人的狀況後，滿足地勾起嘴角。

「只要留下見證這世界臨終的眼睛和耳朵就好。她們也是精靈，區區斷手斷腳，應該不會死吧。」

「——是。」

「哇啊，感覺好痛啊。不過，她們是精靈——那也沒辦法。」

艾蓮與阿爾緹米希亞接受威斯考特的命令後，於天空中奔馳。

「——！」

「什麼……！」

剎那間，在折紙和真那發出悶哼聲時，兩人已被震飛到遠方。迅雷不及掩耳的一擊。兩人似乎在千鈞一髮之際採取了防禦姿勢，但各自的兵裝與手臂的裝甲都被徹底地劈開。

「折紙！真那！」

「——都這種時候了，還有心情擔心別人，很從容嘛。」

在十香吶喊的瞬間，阿爾緹米希亞的身影已經隨著這道聲音逼近眼前。

「唔——！」

十香連忙舉起〈鏖殺公〉，擋下光劍發出的一擊。不過，即使做出防禦，強烈的衝擊依然敲打著十香的全身。防禦姿勢瓦解，十香被震飛在外殼上打滾。

「呼——！」

而阿爾緹米希亞可不會放過這個機會。她在空中一蹬，朝十香發動追擊。

「唔……！」

十香做出防禦姿勢，準備迎接即將到來的衝擊與疼痛。

力量差距一目了然，但必須想辦法阻止威斯考特。若不阻止，與士道和大家相遇的這個世界就會被他改造成他喜歡的樣子。十香絕不容許這種事發生。所幸對方似乎沒有殺死自己的打算。

既然如此，就算失去手腳也能轉守為攻——！

「……！」

就在十香下定決心的瞬間，逼近眼前的阿爾緹米希亞突然挑了挑眉，跳向後方。

「唔——？」

對方突如其來的舉動令十香皺起眉頭感到疑惑——但她立刻便發現了一件事。

那就是飄浮在〈佛拉克西納斯〉側邊的巨繭表面龜裂，從中洩漏出耀眼奪目的光芒。阿爾緹米希亞之所以閃避，恐怕是在警戒這個吧。

「那是——」

十香說出口的瞬間，巨繭一口氣展開，隨後從中飛出兩道人影。

——是士道和澪。

「士道！」

「士道……！」

「喔喔！你平安無事啊！」

精靈們表情瞬間變明朗，呼喚他的名字。

「喔——讓妳們久等了。」

士道有些難為情地微笑後，在手上顯現出天使〈鏖殺公〉，指向威斯考特。

「——喂，艾薩克．威斯考特，我們不在的期間，你似乎挺為所欲為的嘛。」

從〈輪迴樂園〉的繭中飛出的士道，將〈鏖殺公〉的劍尖指著威斯考特，露出凶狠的眼神。

能清清楚楚感受到他周圍纏繞著濃密的靈力漩渦，就有如與澪對峙時那種無與倫比的壓力。甚至光是面對他，就有種皮膚刺痛的錯覺。

威斯考特泰然自若地微微一笑後，大幅度地張開雙手回答：

「——這都是託你的福啊。我很感謝你呢，五河士道。幸虧你在我發動術式之前，阻止了〈神祇〉。不枉我獻出寶貴的靈魂結晶。」

「你說什麼……？」

聽見威斯考特說的話，士道皺起眉頭。

威斯考特擁有的二亞的靈魂結晶的確曾落入狂三手中，如今則是存在於士道體內。不過，就連這一點也在威斯考特的盤算之中嗎？

當然，也有可能是故意打心理戰而虛張聲勢，但士道判斷這是威斯考特的戰略。不僅如此判斷——還下定決心竭盡全力突破目前的狀況。

大概是從士道的表情和態度察覺到他的心思，只見威斯考特打從心底愉悅地加深笑意。

「好魄力。也是，若是體內蘊含十顆靈魂結晶，身旁又有〈神祇〉相伴，自然會如此吧。不過——」

威斯考特微微抬起下巴的瞬間，身體散發出更刺眼的光芒——

然後漸漸變為漆黑的黑暗。

「你似乎慢了一步。」

「什麼──……！」

士道不禁屏住呼吸，擺出防衛架勢。

因為騰空的威斯考特背後出現了一棵巨大的「樹」。

漆黑的大樹伸出抓天淩地的枝根。樹的表皮如枯木腐朽，不祥的瘴氣倒是生氣勃勃。

顯現出將絕望散布給所有見者的惡夢魔王。

「！那是……！」

「〈輪迴樂園〉？不對……」

「魔……王──」

精靈們語氣茫然地仰望天空。

威斯考特如指揮者雙手一揮，露出陶醉的表情告知：

「來吧，創造世界吧，〈永劫瘴獄(Berial)〉。」

瞬間，漆黑大樹好似胎動般蠢動，枝根開始伸向天地。與此同時，以大樹為中心的天空開始現出其他景色，並且向外擴散。

「……！」

這幅光景似曾相識，感覺就像和〈輪迴樂園〉形成黑白空間時一樣──「鄰界」逐漸在侵蝕

世界。

——不能放任「它」不管。士道、真那與精靈們的腦海裡同時閃過這個直覺。

就在這個時候，宛如呼應〈永劫瘴獄〉，響起一道叫聲。

「——〈輪迴樂園〉！」

瞬間，飄浮在澪背後的繭展開，化為光之大樹〈輪迴樂園〉。

〈輪迴樂園〉擴展它的枝和根，纏繞住〈永劫瘴獄〉的枝與根，鉗制住它。

〈輪迴樂園〉與〈永劫瘴獄〉複雜地糾纏在一起，宛如巨大的鳥籠覆蓋住附近一帶。雙方企圖擴展的世界互相角力，將周圍染上如雜訊般的景色。

「……！澪！」

「我用〈輪迴樂園〉壓制住〈永劫瘴獄〉……不過，撐不了多久。各位，拜託你們助我一臂之力。為了守護——與小士相遇的這個世界。」

「「……！」」

澪說完，精靈們吃驚得瞪大雙眼。

這也難怪。畢竟直到剛才，她還是己方拚命對抗的對手。

不過在那之前，她也是持續守護精靈的溫柔分析官。況且，精靈們並不是想要打倒她，而是試圖讓她迷戀上士道。

精靈們驚愕了一下後，立刻看似欣喜地點了點頭，再次舉起各自的天使。

「嗯……！我很開心能與妳並肩作戰，澪！」

「好的。不過之後妳可得詳細告訴我在那個繭裡面發生了什麼事喔！」

「哼——我可一點都不感動喔。」

其中只有狂三一臉不悅地嗤之以鼻，就阻止威斯考特這一點，她倒是毫無異議的樣子。儘管臭著一張臉，還是消除〈囁告篇帙〉，改拿〈刻刻帝〉。

就在大家士氣大振時，七罪臉頰流下一道汗水說道：

「……不是啊，妳說要我們助妳一臂之力，到底該怎麼做啊？我們的攻擊完全沒用耶……」

於是，澪迅速垂下視線後，祈禱般十指交握。

「——沒那回事。因為妳們的天使之力，原本並不只有這點實力而已吧？」

瞬間，無數閃閃發光、類似帶子的物體從澪的靈裝伸出，隨後貫穿精靈們以及真那和士道的胸口。

「什……！」

看見與在未來世界目睹的同樣光景，士道不禁屏住呼吸。

然而——事實正好相反。被澪貫穿胸口的精靈們不僅沒有倒下，反而還靈力大漲，身上纏繞著耀眼的光芒。

「喔喔……！」

「這是──」

精靈們發出驚愕的聲音，同時光芒逐漸化為物質。

沒錯。精靈們的絕對鎧甲，亦是堡壘──完全形態的靈裝，就顯現在她們身上。

真那和士道雖然沒有顯現出靈裝，但就像艾蓮和阿爾緹米希亞那樣，身體纏繞著強大無力的力量。然後──

「──唔喔！真的假的啊，小澪！」

後方傳來這樣的聲音。循聲望去，發現跪趴在〈佛拉克西納斯〉外殼上躲避敵人的攻擊，正打算返回艦橋的二亞身上顯現出宛如修女服的靈裝。

「──雖說只有微量，但二亞的身體也殘留著靈魂結晶。我透過它，將我的靈力注入妳的體內。」

「呀～～！服務真好耶～～！好啊，ＤＥＭ！讓我來對付你們！」

上一秒還匍匐前進打算逃跑的二亞立刻站了起來，威風凜凜地宣言。看見她耍嘴皮的模樣，士道不禁苦笑。

就在這時，澪提醒大家注意似的接著說：

「不過對方也是精靈，必須集結妳們所有的天使之力一口氣攻擊他，才能徹底打倒他吧。」

「所有的天使……嗎？」

「咦……！有艾蓮在，要全體一起攻擊應該做不到吧……？」

七罪說完，澪瞥了士道一眼。

「不，我是希望大家打開一條通往威斯考特的道路——這裡不就有一個能操縱所有天使之力的人嗎？」

所有人的視線像是被澪的話語引導般，集中在士道身上。

「咦——？」

士道傻眼了一下，但立刻理解了這句話的意思，用力點頭回應大家的視線。

若是過去的士道，肯定會因為恐懼和慌亂而畏縮不前吧。

不過，現在他有天使。更重要的是，有精靈們相伴。

她們的存在意義對士道而言，更大於可靠的戰友。

——沒錯。身為男生，怎麼能讓女生看到淒慘的模樣。

面對強敵，這個理由與動機或許太過膚淺，但對士道來說是再適合不過了。

士道莞爾一笑後，扯開嗓子大聲宣言：

「各位，我們上吧——去拯救世界！」

「「喔喔！」」

精靈們回應士道的號令，各自朝〈佛拉克西納斯〉一蹬，奔向威斯考特。

好幾道身影宛如流星，在夜空中留下閃耀的軌跡飛舞。

不過，威斯考特也不可能乖乖等待。只見〈永劫瘴獄〉的樹枝蠢動後，以驚人的速度企圖擊落精靈們。

再加上——

「休想——得逞！」

「先過我這關再說……！」

獲得威斯考特力量的艾蓮與阿爾緹米希亞擋在精靈們的面前。兩人的光劍纏繞著濃密的魔力，以迅雷不及掩耳的速度揮向她們。

不過，透過澪的手恢復完整力量的精靈們怎麼可能如此輕易被打敗。折紙與真那壓制住艾蓮與阿爾緹米希亞，乘機避開〈永劫瘴獄〉樹枝的精靈們對威斯考特展開攻擊。

「喝——！」

與四糸乃共乘〈冰結傀儡〉的七罪，利用〈贗造魔女〉將〈刻刻帝〉的【一之彈(Aleph)】與透過〈破軍歌姬〉強化力量的十香釋放出的〈鏖殺公〉【最後之劍(Halvanhelev)】變得更加巨大，更具有攻擊性，纏繞著〈颶風騎士〉的風突擊。

而透過〈封解主〉的【放(Shifururu)】解放力量的琴里，發射出〈灼爛殲鬼〉渾力解數的【砲(Megiddo)】擊，將天空染成一片通紅。

無數的天使組合而成，來勢洶洶的同時攻擊。

威斯考特利用〈永劫瘴獄〉以及纏繞身體的靈力牆來防禦，但是再怎麼樣，似乎都無法像先前那樣毫髮無傷。可以看見他身上逐漸累積損傷。

不過，威斯考特一點也不焦躁慌亂，愉快地笑道：

「唔嗯，很有一套嘛。那麼——這一招如何？」

他如此說完，高高舉起一隻手。

配合他的動作，一顆巨大的球體在他頭頂的高空中出現。

「……！那是——」

士道見狀，不禁喉嚨一緊。

不過，這也是理所當然的事。因為那顆球體與澪顯現過的死亡天使〈萬象聖堂〉一模一樣。

「——〈極死祭壇(Arhiel)〉。」

威斯考特呼喚的同時，球體表面產生波動，有如花蕾開花那樣展開。

然後，無數的黑粒從它的中心朝精靈們傾瀉而下。

——時間回溯到數分鐘前。

二亞在〈佛拉克西納斯〉的外殼上，手持顯現出的天使〈囁告篇帙〉，眺望著凌空騰起的精靈們。

『——妳在幹什麼啊，二亞？』

這時，通訊器傳來〈佛拉克西納斯〉的AI瑪莉亞的聲音。二亞微微抖了一下肩膀，一臉尷尬地搔著頭苦笑道：

「沒有啦……因為啊～仔細想想，我和〈囁告篇帙〉都不適合戰鬥嘛～而且，我一直都處於非戰鬥人員的崗位。如果是〈幻獸・邦德思基〉或一些蝦兵蟹將的巫師倒也就罷了，初次戰鬥就突然要我打魔王戰，難度未免太高了吧……？」

『是喔。』

二亞發出撒嬌的語氣說道，瑪莉亞便故意嘆了一大口氣。

『妳威風凜凜的誇下海口，結果卻是這副德性嗎？窩囊得我都要流下眼淚了。』

「唔……！有、有什麼辦法嘛！我要是冒然出手，拖累大家就慘不忍睹了……」

說完，二亞伸出雙手的手指互碰了幾下。

於是瑪莉亞再次嘆了一大口氣，接著說：

『——真拿妳沒轍。就算妳這麼廢，精靈還是精靈。目前正需要戰力。妳仔細聽我接下來要說的話。我來將現狀有用程度不如草履蟲的二亞提升到水蚤的程度。』

「咦？」

聽見瑪莉亞說的話，二亞吃驚得瞪大雙眼。

——絕望從天而降。

巨大的黑花〈極死祭壇〉釋放出的黑粒如花粉般傾瀉四周，企圖捕捉精靈們。

「大家！被那些黑粒碰到就完蛋了……！」

士道像是要喊破喉嚨似的扯開嗓子大喊。那些黑粒是「死亡」的具體形象，蠻橫無理的劊子手，只要觸碰到便會二話不說奪取對象的性命。

想必精靈們也十分清楚它的威脅性，大家並未試圖彈走它或防禦它，而是急忙逃離現場。

不過，並非所有精靈都順利逃過一劫。與艾蓮、阿爾緹米希亞對峙的折紙和真那受到兩人的妨礙，來不及逃離。

「唔……！」

「可惡，別礙事……！」

獲得威斯考特靈力的艾蓮與阿爾緹米希亞就算碰到黑粒也死不了吧。不過，即使折紙與真那

獲得了澪的力量，會有何種下場就不得而知了。

「折紙！真那——！」

「唔——〈萬象聖堂〉……！」

澪大概是想抵銷〈極死祭壇〉的力量，只見她顯現出〈萬象聖堂〉。

然而，為時已晚。〈極死祭壇〉的黑粒已如細雪般朝折紙與真那傾瀉而下。

不過就在這個時候——

「咦……？」

有無數白影橫越過士道的視野，令士道不禁眨了眨眼。

剎那間還以為是幻覺，然而，並非如此。

突然有無數個容貌相同的少女出現，挺身保護折紙和真那不受黑粒攻擊。

「什——！」

當然，黑粒是「死亡」的化身，觸碰到黑粒的少女們瞬間失去了性命。

不過少女們沒有留下遺骸，而是化為無數張紙，然後消失在這世上。

「那該不會是……」

士道瞪大雙眼，蹙起眉頭。理由很單純。因為那幅異樣的光景十分眼熟。

於是，正當士道感到吃驚時，後方響起了一道聲音：

「哎呀～～真是好險啊～～少年！不過，沒關係，二亞我本人來了，你們就放一百二十個心吧～～！」

「為什麼看到剛才的過程，妳還能如此大言不慚啊，真是令人費解。」

士道反射性地回過頭後，便看見位於那裡的精靈。

「二亞！還有──」

說到這裡，士道止住話語。因為二亞的身旁還有另一名陌生的少女。

髮色淡薄，白色的簡易靈裝。可愛中又帶點傲慢的樣貌，感覺與擬似精靈〈妮貝可〉十分相似。

不過，剛才少女發出的聲音跟語調十分耳熟。士道將心中的懷疑說出口：

「該不會是，瑪莉亞……吧？」

「沒錯，猜對了。我就是獲得期盼已久的真實軀體，十全十美的瑪莉亞。」

瑪莉亞說完，擺出老派偶像的姿勢。她那欠缺緊張感的開朗模樣令士道不禁苦笑。

「不過，這究竟是怎麼回事？剛才拯救折紙她們的，也是瑪莉亞……對吧？那些──像〈妮貝可〉一樣的少女。」

士道詢問後，瑪莉亞便點了點頭回答：

「你的感想正確無誤。〈妮貝可〉是以〈神蝕篇帙〉的能力和DEM的顯現裝置創造出來的

擬似精靈。既然如此——只要有〈囁告篇帙〉，沒道理〈拉塔托斯克〉製造不出同樣的東西。」

說完，瑪莉亞猛然舉起手。結果二亞手持的〈囁告篇帙〉飛出好幾張紙，從中出現了無數與瑪莉亞容貌相同的少女。

「當然，那些受到〈極死祭壇〉力量攻擊的個體無法再復活了。」

「但倒是可以用這個身體暫時保護大家。」

「反正死光光也只是用盡二亞的靈力罷了。」

「她本來就沒多少靈力，也不怎麼吃虧。」

無數的瑪莉亞打趣地如此說完，便在空中飛舞，飛向〈極死祭壇〉。

這時，二亞同時伸出食指猛力指向〈極死祭壇〉。

「去吧，瑪莉亞！就決定是妳了！」

「瑪莉亞才不聽妳的指使。」

「好痛～～！」

留在二亞身邊的瑪莉亞撞了一下二亞的側腹部，二亞的身體彎成く字形。

瑪莉亞一臉不悅地嘆了一口氣後，重新打起精神，面向士道。

「好了，〈極死祭壇〉就交給我們。去吧，士道，去解決威斯考特。」

瑪莉亞拍了拍士道的背說道。

「……好！」

士道用力點了點頭，凌空一蹬，前往混沌的中心——威斯考特的身邊。

當然，察覺到士道行動的艾蓮和阿爾緹米希亞阻擋他的去路，〈永劫瘴獄〉的無數樹枝如觸手般蠢動。

不過——

「喝啊啊啊啊啊啊——！」

「〈冰結傀儡〉……！」

「休想——妨礙士道！」

在四周散開的精靈們擋下兩名巫師的光劍，擊退樹枝，為士道開路。

一瞬間，雖然僅只短短一瞬間，卻看見了通往威斯考特的道路。

而對現在的士道來說，那一瞬間便十分足夠了。

「呼——！」

他纏繞著〈颶風騎士〉的風，如子彈般在空中奔馳。

士道穿過精靈與巫師火花四濺的戰場，並且發現自己的頭腦出奇地冷靜。

宛如將一瞬間拉長的感覺。

他在這個狀態下將一個一個蘊藏在體內的靈魂結晶——將天使串連在一起。

〈滅絕天使〉。
〈囁告篇帙〉。
〈刻刻帝〉。
〈冰結傀儡〉。
〈灼爛殲鬼〉。
〈封解主〉。
〈贗造魔女〉。
〈颶風騎士〉。
〈破軍歌姬〉。
以及——〈鏖殺公〉。

要打倒初始魔王，不能有分毫誤差。在腦海裡想像蘊藏體內的十個天使集結在一起的畫面。

不久後，它們便化為一道光，纏繞在士道的右手臂。

「五河士道——」

威斯考特瞪大雙眼。

看起來像是驚愕和戰慄——也像是有些歡喜和興奮的情緒。

無論如何，士道要做的都只有一件事。

他伸出貫注了全身力量的拳頭——

「嗚喔喔喔喔喔喔喔喔喔喔喔喔喔喔喔喔喔喔喔喔喔喔喔喔喔喔喔喔——！」

痛毆禍端魔法師。

「…………！」

——震動貫穿澪的全身。

但〈輪迴樂園〉既沒有鬥輸〈永劫瘴獄〉，也並非受到敵人的攻擊。

而是因為位於天空中心的士道以天使之力痛毆操縱兩個魔王的威斯考特。

劇烈的衝擊沿著空氣，在〈輪迴樂園〉與〈永劫瘴獄〉形成的鳥籠中四處亂竄。位於周圍的精靈們也吃驚地望向士道。

「——嘎——！啊——！」

威斯考特發出悶哼聲的同時，屹立在他背後的大樹和飄浮在他頭上的花朵也嘎吱作響。與〈輪迴樂園〉對抗的空間產生扭曲，隨後崩落。

——落葉。所向披靡的魔王所有部位接二連三產生龜裂。

不過，這也是理所當然的事。畢竟挨了十個天使與包含澪之力在內的一擊，就算威斯考特擁有初始精靈的力量，也不可能毫髮無傷。

「————」

士道再次握起滲血的拳頭伸向天空，向所有人表示勝利。

「喔喔……！」

「士道！」

「呀～～～！達～～令～～～～！」

「……呼。」

周圍響遍精靈們的聲音。澪也感到〈輪迴樂園〉承受的負荷減輕，輕輕吐了一口氣。

然而——

「呵……哈哈————哈哈哈——真有你的——五河士道。

不過——似乎還差臨門一腳呢。」

「什麼——！」

聽見前方傳來威斯考特的聲音，士道肩膀赫然抖了一下。

全身受到衝擊，口鼻流血的威斯考特以渾然忘我的語氣，從喉嚨深處吐出這個名字：

「——〈■■■（Qemetiel）〉——」

「————！」

瞬間。

澪的全身湧起一股寒氣。

這也難怪。因為澪比任何人都清楚那個魔王的能力和恐怖之處。

而就在威斯考特呼喚這個名字的同時，他的身體周圍捲起一股如龍捲風般的魔力奔流——在身體受到嚴重損傷的狀態下顯現出最後的魔王。處於如此臨界的狀態，威斯考特本身是否能徹底駕馭魔王都還有待商榷。

——澪在轉瞬之間動腦思考要如何使用自己的能力、士道的天使和精靈們的協助，才能打破現狀——絞盡腦汁思考要怎麼做才能讓士道平安歸來。

仔細想想，這個感覺已經暌違已久了。這種思考的速度就像三十年前面對真士遺體時一樣。

不過，這次不同。當時的自己只剩下絕望，可是這次——士道還活著，還有機會挽救。可是，究竟該怎麼做？該如何是好——

這時，澪望著士道的背影，突然有種思緒逐漸滲進腦袋的感覺。

透過路徑與士道共享的他在未來的記憶也同時掠過腦海。

士道時光倒流前的歷史。澪達到目的之前的世界。

澪透過士道的記憶，看見自己在未來的模樣。

不過，到了真的打算要復原真士的時候，那個澪——看起來一點都不滿足。

「——」

啊啊，原來如此。

答案——或許早已顯示在眼前了。

「什……」

士道在空中愕然瞪大雙眼。

一股強烈的寒氣貫穿全身。有種周圍的溫度一口氣下降的錯覺。

這種感覺似曾相識。在未來世界的記憶。十香體內的澪的力量被奪走，衝向澪時，澪對她使用的最後天使——將一切歸零的無之天使。

彷彿印證了士道的預想，黑暗聚集到威斯考特面前，形成一小塊，宛如植物的種子。

澪當時顯現出它時，被光芒籠罩，因此無法看到它的全貌，看來它的真面目是這麼一小塊物體。士道的肺腑充滿如此莫名的感慨。

認知到這一點的同時，士道打算逃離現場。可是，身體突然——像是被那小小的種子束縛住一樣，不得動彈。

「啊——」

有種死亡的預感。就算他順利逃開，感覺也會連同整個空間被抹消。

「——！」

「…………！」

他知道精靈們在後方吶喊。可是，聽不見她們說話的內容。

在這段期間，黑色種子宛如發芽一般，黑暗在空間中逐漸蔓延。

「啊——」

士道只留下這樣的聲音，就快要被黑暗吞沒——

「——不可以，士道。那些孩子在等著你。」

下一瞬間，響起這道聲音的同時，士道被一把拉向後方。

「……！」

頓了一拍後，士道才理解原來是〈輪迴樂園〉從遙遠後方伸長的樹枝纏繞住自己的腹部。

然後有一名精靈像是與士道交換似的，飛向威斯考特。

——是澪。

「澪……！妳打算做什麼！」

士道還來不及為自己撿回一條命感到安心，立刻高聲吶喊。

於是，澪望著士道的方向告知：

「——靈力失控了。若是放任它不管，這附近一帶都會被夷平。光是餘波就超越歐亞大空災的等級了——可是，只要用〈Ain〉的力量互相抵銷，或是——」

「什——」

聽見澪說的話，士道有種心臟被捏碎的感覺。

因為從澪的聲音和表情能夠判斷出那代表何種含意。

「那是怎樣啊……！要是那麼做，妳會——！」

「…………」

澪沒有回答。但士道不在意，繼續發出哀號般的聲音：

「開什麼玩笑啊……為什麼啊！真士不也說了嗎！想要讓妳見識更多的世界——！可是，為什麼——」

士道高聲吶喊後伸出手阻止澪。他的手沒有觸碰到澪的身體，卻勉強抓住了靈裝下襬。

不過那一瞬間，士道觸碰的部分隨著光芒消融在空氣中。

就像是靈力被封印時那樣。

「──！」

士道屏住呼吸，而澪莞爾一笑。

「──士道，你真的很有魅力。我很喜歡你。」

然後她如此說道，打趣地眨了眨一隻眼睛。

「──不過，排在小士後面。」

澪溫柔地微笑後，就這麼飛向威斯考特。

同時，士道的身體被〈輪迴樂園〉的樹枝半強制地拉向後方。

不，不只士道，其他精靈和真那她們也被無數的樹枝拉了過去。

而將大家拉過去的〈輪迴樂園〉直接改變成截然不同的樣貌，像先前吞噬澪和士道時那樣，連同整艘〈佛拉克西納斯〉一起包裹住士道一行人。

恐怕──是為了保護士道他們不受到天使與魔王激戰的餘波波及。

「——澪——————————————————！」

士道朝被〈輪迴樂園〉遮蔽住的夜空景色，在遙遠的地方呼喚她的名字。

◇

在宛如激流般捲起漩渦的魔力奔流中心——精靈澪與魔法師艾薩克．威斯考特對峙。

威斯考特看見澪的身影後，嘴角的血擦都不擦地露出笑容。

「……〈神祇〉啊。我的同伴是妳，還真是豪華呢。我個人想在這裡先解決五河士道。」

澪低垂視線聆聽這句話後，嘟囔著回答：

「我跟你，肯定不該存在於今後的世界——這樣正好。可以一併處理我們這兩個大麻煩。」

「哈、哈、哈——」

威斯考特大大地上下晃動肩膀後，將手放在額頭，仰望天空。

「——哪裡？我到底哪裡錯了？是尋找魔法奧祕，研究出精靈術式？製作顯現裝置？——還是像現在這樣，獲得初始精靈之力？」

聽完威斯考特說的話，澪倏地瞇起雙眼。

「……你根本不該製造出精靈，還有顯現裝置。這種力量，對人類來說太超過了。

不過嘛——讓我想想，如果要我說除了這些以外，你還有哪裡不走運——」

澪低吟一聲，將手抵在下巴後說道：

「——就是你不是我喜歡的類型吧。」

「————」

聽見這句話，威斯考特頓時目瞪口呆。

「……哈，哈哈，哈哈哈哈哈哈哈哈哈哈哈哈哈哈哈哈——！」

不久，他樂不可支地開懷大笑了起來。

「原來如此，原來如此……那就沒辦法了。」

威斯考特像是笑累了一樣，晃動身體後緩緩將右手伸向前方。

「——〈■■■〉。」

宛如回應他的呼喚，黑暗從出現在他眼前的漆黑種子中滲出。

澪同樣將手推向前方後，高聲吶喊最後天使之名。

「——〈　〉。」

下一瞬間——「無」與「無」的力量互相碰撞。

——身體逐漸融化於世界中。

奇妙無比的感覺侵襲著澪。

無痛，無懼。只是安安穩穩，意識昏昏欲睡般的感覺。

畢竟是最強最後之天使與擁有同等力量的魔王互相角力，使用者怎麼可能平安無事。

不過——澪並不後悔。

倘若當時澪沒有發動〈　　〉，士道和周圍的精靈們肯定會受到威斯考特靈力失控的牽連而必死無疑吧。

不——不僅如此，就算有超越歐亞大空災的爆炸侵襲地球也不足為奇。

一想到這裡，澪便不禁差點對自己的動機笑了出來。

為了自己的欲望，犧牲世界，犧牲無數少女的自己，竟然會因為這種理由迎接死期。

不過，她無法忍受——

——小士再次死在自己眼前。

而且——

（……士道——）

在〈輪迴樂園〉中交談、聽到的話語，在腦海裡甦醒。

那一瞬間，澪明白了——自己另一個願望是什麼。

不管做任何事，真正的小士都不會再回來了。

既然如此，不如追隨他而去——才是澪的願望。

（——大家，抱歉了——）

澪在逐漸淡薄的意識中呢喃般說道。

殺了無數人。

讓許多人陷入不幸。

事到如今，她不求任何原諒，也不認為能獲得原諒。

人類史上最大最壞的災難，終極的邪惡。那就是自己。

不過——唯有這份心情並非虛假。

澪最後殘留的意識，就這樣融化——

——澪。

（…………！）

剎那間。

從某處傳來這樣的聲音，澪因此睜開即將闔上的雙眼。

並不只是因為突然有人呼喚她的名字。

因為那是——澪這三十年來朝思暮想的聲音。

（小士——）

——是我，抱歉啊，澪。讓妳等這麼久。

澪呼喚他的名字後，光芒中便浮現朦朧的輪廓。

（啊，啊啊————）

澪感覺淚水從瞪大的雙眼滑落。

這或許是逐漸消失的澪的腦袋顯現出來的幻覺，也許是處於極限狀態產生的幻聽。

不過，那確實是她魂牽夢縈的愛人的身影。

（小士——小士……！）

澪拚命伸出手，緊抱住小士。

溫暖的觸感傳到澪的身體。澪將臉埋進小士的胸口，發出不成聲的吶喊。

——三十年。

始終渴望著你，徘徊流連。

依靠著你的回憶，一路走來。

明明你一直——就近在咫尺啊……！

——澪，我一直一直好想見妳。

小士也緊抱住澪。

（我也是——一直好想見你——）

澪也以不輸給小士的力道使勁擁抱他。

絕對不再分開。

絕對不再——放手。

——從今以後，永遠在一起。

（嗯……！）

澪浮現點綴著淚水的笑容——消失在這個世界。

終章　伸過來的手

人的生死界線十分模糊，要以什麼基準判斷那個人已經死亡，端看各人的判斷。

有人認為心肺機能停止就算死亡；也有人認為腦死才是人類的死期。有人認為只要保有意識，就算不是活生生的肉體也無妨；甚至有人認為——只要心中有另一個人的存在，那人便永遠活在自己心中。不過，最後的例子與其說是定義，或許更接近感傷和逃避現實吧。

艾薩克．威斯考特在茫然的視野中，漫不經心地思考這種事——若是如此，自己現在究竟是否活著？

至少，心肺機能已經停止，大部分的身體都已經消失，當然不可能在運作。雖然保有思考這種事情的意識，但就連腦袋是否還保持著形狀都無法確定。只是躺在地上，眺望著天空，等待意識停止——

思考到這裡時，威斯考特不禁笑了出來。

因為他發現若是論「人的生死」，自己早已死去了。

沒錯，人類艾薩克．威斯考特早已逝世。待在這裡的，是利用靈力勉強維持存在的可憐精靈的殘骸。都已變成這副德性，還仍舊保持著意識，就是最好的證明吧。

天使與魔王勢均力敵的力量彼此碰撞，互相消滅。在極近距離下受到牽連，當然會造成這樣的結果。已經感覺不到〈神祇〉的氣息，她似乎比威斯考特早一步消失在這個世界。

竟然連同歸於盡都被拒絕，對方真的是很討厭自己呢。威斯考特思忖著這種事，再次失笑。但如今已無法知曉自己的表情是否有呈現出微笑的形狀了。

反正也只是時間早晚的問題。就算是精靈，也無法維持現狀太久。事實上，從剛才起意識便昏昏欲睡，像是死神在向自己招手。

不過──

「──艾克！」

這時，響起這樣的聲音，拉回威斯考特的意識。

循聲望去，便看見艾蓮臉色鐵青地衝了過來。看來她似乎平安無事。

「嗨……艾蓮。」

「是我，艾克──你怎麼會變成這樣……！我馬上用醫療用顯現裝置──」

說到這裡，艾蓮停止說話。大概是利用隨意領域包裹住威斯考特的身體，想要移送他的瞬間，領悟到就算用顯現裝置急救也已經束手無策了。

「啊，啊啊……」

艾蓮無力地癱坐在地。

就在這個時候——

「……艾克。」

響起另一道的聲音呼喚威斯考特的名字。

一道與艾蓮的聲音相差懸殊的低沉男聲。不過，威斯考特立刻便猜到了那名人物的身分——因為除了艾蓮，只有一個人會用那個綽號稱呼威斯考特。

「……喔喔，是艾略特啊。」

威斯考特回應後，眼角餘光便出現一名坐輪椅的男子，與一名長相與艾蓮十分相似，推著輪椅的女性。

他們分別是艾略特．伍德曼與嘉蓮．梅瑟斯。是威斯考特他們昔日的同胞，也是〈拉塔托斯克〉的創始者。

「……！」

艾蓮反射性地抬起頭，惡狠狠地瞪視伍德曼和嘉蓮。這也難怪。因為艾蓮憎恨與他們分道揚鑣的伍德曼，憎恨到甚至宣言非得親手殺死伍德曼才甘心。

不過，艾蓮既沒有撲向伍德曼也沒有惡言相向，而是緊咬牙根懇求道：

「求求你——艾略特，救救……救救艾克。你做得到吧？有任何我能幫上忙的，我都會去做……我一切聽從你的指示——拜託你……」

「…………」

艾蓮聲淚俱下地如此訴說。伍德曼聞言，靜靜地低垂視線。

既非表示拒絕，也不是刻意刁難，只是單純因為——這世上沒有人能令垂死的威斯考特起死回生。

「啊，啊……」

艾蓮淚如雨下，聲音顫抖。嘉蓮看見姊姊這副模樣，露出有些心痛的表情。

「呵、呵……你來幹嘛？是特地來看我笑話的嗎，艾略特？」

「……想來送朋友最後一程是那麼可笑的事嗎，艾克？」

威斯考特發出沙啞的聲音問道，伍德曼便輕聲如此回答。

「啊啊……說的也是。我問這問題也太不上道了。雖然走的路不同，但你的確是我的朋友。而且——」

威斯考特戲謔地勾起嘴角。

「——都被同一個女人給甩了。」

「——」

威斯考特說完，伍德曼瞬間瞪大雙眼，隨後噗哧一笑。

「哈哈……這倒是沒錯。」

「呵──呵……」

威斯考特微微一笑後，再次眺望擴展在朦朧視野中的世界。

艾蓮、嘉蓮、伍德曼。

幾十年前，故鄉被燒燬，發誓復仇的盟友們。威斯考特最老的同伴們。他們也同樣凝視著威斯考特，表現出各自的悲痛。

（──啊啊──）

威斯考特湧起一股奇妙的感覺。

年幼時的記憶。入棺埋葬的母親──感覺就像是以母親的視線看聚集在喪禮的大家一樣。

抽泣的艾蓮；低下目光的嘉蓮；靜靜望著這裡的伍德曼。

縱使形式不同，卻都充滿了悲傷、哀悼與絕望。

朋友們的那種表情，造成他們露出那種表情的是自己──自己位於那絕望的中心。

──這些事實令威斯考特感到十分暢快。

（……什麼……嘛，原來……這麼簡單啊……）

魔法師艾薩克．威斯考特在雀躍恍惚之中，慢慢閉上雙眼。

◇

「——士道！你沒事吧，士道！」

「唔……啊……？」

身體受到劇烈搖晃，士道慢慢睜開眼睛。

看來自己似乎是暈厥了過去。模糊的意識漸漸清醒，周圍的光景和自己的狀況變得清晰。

首先，搖晃自己身體的是十香。她一副憂心忡忡的模樣，不斷呼喚自己的名字。

不，不只她。好幾名精靈都圍在士道身邊。

折紙、琴里、四糸乃、耶俱矢、夕弦、美九、七罪、二亞、六喰——甚至是狂三。望向她們的後方，也能看見真那和瑪莉亞的身影。

而士道正躺在夜晚的海岸上。夜空星辰閃爍，四周傳來微弱的海浪聲。這場景還真是浪漫呢。自己究竟為什麼會在這種地方——

「————」

意識到這個階段後，士道宛如裝了彈簧的玩具般跳了起來。無視隱隱作痛的身體，環視大家的臉龐。

「！士道！」

「唔嗯……你醒了嗎？我們很擔心你呢。」

「安心。耶俱矢擔心得要命，一直緊抓著士道的胸口不放，號啕大哭。」

「我沒有那麼誇張好嗎！」

精靈們看見士道清醒過來，紛紛鬆了一口氣。

不過，現在的士道還沒有多餘的心力回應她們。他一把抓住十香的肩膀問道：

「十香，澪呢——」

「……！」

聽見士道提出的疑問，十香屏住呼吸。

雄辯的沉默更勝於話語。光是這樣——就足以推敲出一切。

「是……嗎——」

士道無力地放下手。

強烈的無力感折磨著全身。深深的絕望充滿肺腑。

已經使出千方百計，所有人也都捨命相助。

可是，緊握在手的嶄新未來——卻沒有澪的身影。

這個事實令士道的心揪痛不已。

不過，士道忍住眼看就要奪眶而出的淚水，輕聲嘆息道：

「唉……我被甩了。她還是選擇了小士。」

士道說完後，精靈們頓時露出吃驚的表情——隨後臉上浮現苦笑般的笑容。

「這樣啊……那也沒辦法呢。稀世的花花公子，在純愛情侶面前也毫無用武之地嗎？」

琴里頂著通紅的雙眼，一派輕鬆地說道。士道聳了聳肩回應她。

就在這個時候——

有一個小小的光點，從一片漆黑的天空中飄飄蕩蕩地落下。

「咦——？」

士道瞪大雙眼，抬起頭。

於是，那個光點宛如被指引到士道身邊般，慢慢地落到大家的面前。

「這是……」

士道看見那個光點後，表情染上驚訝之色。

而精靈們也紛紛做出類似的反應。大家看到那個光點的真面目後，驚愕得雙眼圓睜。

不過，也難怪他們會有這種反應。畢竟飄浮在那裡的，是散發著七彩繽紛的光芒，有如寶石般的物體——靈魂結晶。

——以及放在那上頭的，傷痕累累的小熊玩偶。

士道發現它的瞬間，小熊玩偶便從靈魂結晶上滑落。士道立刻伸出手接住它。

不會有錯。那就是令音隨身攜帶的小熊玩偶。

不——不只如此。現在的士道十分清楚，那隻小熊玩偶還是三十年前真士送給澪的禮物。

它是三十年來一直支撐澪心靈的幕後功臣。澪一定是不忍心讓這隻小熊玩偶一起消失，才將它留給士道吧。

年歲已久的玩偶已十分破舊。身體到處充滿縫補過的痕跡，損傷嚴重的地方甚至有不同顏色的補丁。

只要用澪的力量，勢必能輕而易舉地復原那些破損的地方，但她卻刻意全部親手修補的樣子。

大概是——無法忍受吧。修復得再怎麼漂亮，感覺就不像是真士送她的玩偶了——

「——啊——」

領悟到這一點的瞬間，士道的眼眶溢出滂沱的淚水。

「啊……啊——……」

原本心想不能讓大家再擔心自己而壓抑到極限的感情，一口氣潰堤。士道彎下身體緊抱住小熊玩偶，發出顫抖的聲音大喊：

「……澪……澪——………！」

溫柔——又悲哀的少女。

以扭曲的方法被製造出來，莫名其妙地被捲入戰爭——犯下了贖不完的罪行。

她的一生絕對稱不上是安穩——

「妳……見到小士了吧……？」

士道以嘶啞的聲音如此說道，再次抬起被淚水濡濕的臉龐。

於是宛如回應士道的問題，釋放出七彩光芒的靈魂結晶微微晃動後——逐漸消融在空氣中。

「澪……」

不過——就在這個時候……

「——————？」

士道發出呆愣的聲音。

因為眼看著就要消滅的澪的靈魂結晶——

突然被某人伸出的手一把抓住。

面對出乎意料的事態，士道屏住呼吸後，立刻望向那隻手的主人。

「什麼——」

然後，瞬間啞然失聲。

因為士道萬萬沒想到那個抓住澪靈魂結晶的人，居然是——

「十……香——？」

沒錯。

在所有人驚愕的狀態下，伸長手的——正是十香。

「——不好意思，這東西我要了。」

十香如此說道，將靈魂結晶拉向自己，按進自己的胸口。

於是，就如同狂三吸收二亞的靈魂結晶時那樣，澪的靈魂結晶被吸收進十香的胸口。

「十香，妳這是——」

士道話說到一半的瞬間。

——世界，被光芒籠罩。

後記

好久不見，我是橘公司。

在此為您獻上《約會大作戰DATE A LIVE 19 真實結局澪》。各位讀者覺得如何呢？如果你們喜歡本書，將是我莫大的榮幸。跟第十七、十八集一樣，通篇都是我一直很想寫的場面，我寫得非常盡興。

在描寫日常生活的情景時，我再次體認到美九、七罪、二亞、六喰等這些後期登場的角色有多麼重要。總是能把話題扯偏，初期角色也因為跟她們牽扯在一起，而顯得更加魅力十足。已經無法想像沒有她們的日常生活。

如此一來，我不禁心想，如果澪是以普通精靈登場的話，會和大家度過怎麼樣的日常生活呢？因為她個性很單純，應該會跟六喰和十香兩人氣味相投。必須隨時提防，避免被美九欺騙。因為無所不能，感覺二亞會非常仰賴她。當然，關於收集士道情報這一點，就連琴里和折紙也不得不甘拜下風。我的另一個人格淚腺脆弱夫差不多該出現了，就說到這裡吧。

本集將與東出祐一郎老師的《約會大作戰DATE A BULLET 赤黑新章 4》同時發售，若是各位能連同這部作品一起閱讀的話就好了。夏天！大海！戰爭！感覺每追一集，響P又更加發光發熱的樣子。這孩子是怎麼回事，真厲害。

另外，新一季的動畫也一步一步在準備，敬請期待！

那麼，這次也在多方人士的努力下才得以出版這本書。つなこ老師、責任編輯、美編草野、編輯部、業務部、通路、販賣等所有相關人員，以及拿起本書閱讀的各位讀者，由衷地向你們致上謝意。

《約會大作戰DATE A LIVE》這部作品，就某種意義而言，算是崇宮澪的愛情故事。

不過，故事不會就此結束。如果各位能再陪伴我一段時日，我將感到無比榮幸。

那麼，期待下次再相會。

二〇一八年七月　橘　公司

DATE A LIVE FRAGMENT 4
SefirahType-7
AstralDress-SwimsuitType Weapon-ClawType [KingKilling]
約會大作戰
DATE A BULLET
04
赤黑新章
東出祐一郎
The author
Yuichiro Higashide
原案‧監修＝橘公司
Koushi Tachibana
Kadokawa Fantastic Novels

約會大作戰DATE A BULLET 赤黑新章 1~4 待續

作者：東出祐一郎　原案‧監修：橘公司　插畫：NOCO

時崎狂三來到激戰區第八領域，
與分散的緋衣響成了敵對關係？

與第十領域並列為激戰區的第八領域，支配者方的絆王院華羽與叛亂軍的銃之崎烈美持續戰爭。狂三加入絆王院這一方試圖終結戰爭，然而緋衣響卻不知為何成了叛亂軍的長官。少女們的夏日回憶儘管如煙火絢爛，卻也伴隨著消逝的空虛與寂寥……

各 **NT$220~240/HK$68~75**

Kadokawa Comics Illustration

約會大作戰DATE A LIVE 官方極祕解說集

編輯：Fantasia文庫編輯部　原作：橘公司　插畫：つなこ

《約會大作戰》官方解說集登場！
各式檔案＆新故事＆創作祕辛滿載！

精靈們的能力值和天使設定，還有揭發少女祕密的隱私情報即將公開。徹底介紹登場角色，甚至是只有在短篇裡登場的人物！還有橘公司×つなこ對談等創作祕辛，更完整收錄第０集小故事等難以入手的三篇短篇，以及在本書才看得到的新創作小說！

台灣角川

NT$230/HK$70

約會大作戰DATE A LIVE 安可短篇集 1~7 待續

作者：橘公司　插畫：つなこ

約會忙翻天！精靈們將展現女孩的那一面！
開始只屬於少女們的日常生活吧。

六喰將與十香展開大胃王對決？四糸乃和七罪要到中學體驗入學？狂三四天王為了情人節巧克力造反？耶俱矢與夕弦決定交換身分度過一天？為了可愛的少女，美九、二亞與折紙成為怪盜？而小珠老師則是去參加相親聯誼活動，終於在會場遇見了真命天子？

千劍魔術劍士 1 待續

作者：高光晶　插畫：Gilse

斬斷這世界所有不合理與絕望——
最強劍士傳說開幕!!

身為傭兵的阿爾迪斯，身懷歷史上從未有過紀錄的魔術「劍魔術」。某天他遇見了被視作「禁忌之子」的「雙子」少女，決定悄悄撫養兩人。他為生活費而接下的工作，是要說服一名謎樣美女，沒想到那女人竟與阿爾迪斯同樣懂得施展「無詠唱魔法」……！

NT$220/HK$73

國家圖書館出版品預行編目資料

約會大作戰DATE A LIVE. 19, 真實結局澪 / 橘公司作 ; Q太郎譯. -- 初版. -- 臺北市 : 臺灣角川, 2019.07

面； 公分

譯自 : デート・ア・ライブ 19, 澪トゥルーエンド
ISBN 978-957-743-073-1(平裝)

861.57 108007843

Kadokawa
Fantastic
Novels

約會大作戰DATE A LIVE 19
真實結局澪

（原著名：デート・ア・ライブ19　澪トゥルーエンド）

2019年8月1日　初版第1刷發行
2024年4月12日　初版第6刷發行

作　　者：橘公司
插　　畫：つなこ
譯　　者：Q太郎

發 行 人：台灣角川股份有限公司
總　　監：呂慧君
總 編 輯：蔡佩芬
主　　編：林秀儒
編　　輯：孫千棻
設計指導：陳晞叡
美術設計：吳佳昫
印　　務：李明修（主任）、張加恩（主任）、張凱棋

發 行 所：台灣角川股份有限公司
地　　址：104台北市中山區松江路223號3樓
電　　話：（02）2515-3000
傳　　真：（02）2515-0033
網　　址：www.kadokawa.com.tw
劃撥帳戶：台灣角川股份有限公司
劃撥帳號：19487412
法律顧問：有澤法律事務所
製　　版：巨茂科技印刷有限公司
ISBN：978-957-743-073-1
